COLLECTION
L'IMAGINAIRE

Paul Léautaud

Amours

Gallimard

Paul Léautaud est né le 18 janvier 1872. Élevé par son père — sa mère est partie quelques jours après sa naissance —, il découvre très jeune le milieu du théâtre et la bohème littéraire.

En 1894, il entre comme clerc chez un notaire et commence à publier des poèmes dans différentes revues. Il fait paraître en 1903 *Le petit ami*, qui marque le début de ses écrits autobiographiques. En 1906, paraît *Amours*, inspiré du souvenir d'une liaison ancienne et regrettée.

Sous la signature de Maurice Boissard, il tient une chronique dramatique au *Mercure de France*, mais, à cause de son francparler, on la lui retire. Il exerce alors ses talents de chroniqueur à la *Nouvelle Revue française* et aux *Nouvelles littéraires*. Il est cependant engagé au Mercure en 1908 ; il en sera renvoyé en 1941...

En 1950, une série d'entretiens radiophoniques avec Robert Mallet lui valent d'être enfin connu du grand public, émerveillé et dérouté par sa misanthropie et sa verve. À partir de 1954, il commence à publier le *Journal littéraire* qu'il tient depuis l'âge de vingt ans.

Il meurt le 22 février 1956.

Dormez, dormez, mes chères amours...

J'ai aimé pour la première fois en 1888. C'était dans la fin de l'année, et à Courbevoie. Depuis quelque temps, un an environ, je travaillais à Paris, prenant le train chaque matin, et ne rentrant que le soir pour le dîner. Je commençais à être un jeune homme. L'histoire du pantalon que j'ai racontée précédemment était un peu loin, et sans être encore un dandy, j'étais un peu mieux mis. Ma future belle-mère absente pour une nouvelle tournée d'art, j'étais aussi un peu tranquille. J'avais à la maison un petit coin que je m'étais arrangé, avec une table pour écrire, et quelques livres. Encore aucune idée de littérature, pourtant. Je crois bien même que je n'avais aucune sorte d'idées. J'éprouvais seulement un certain plaisir à rester seul dans ce coin à moi quand je le pouvais, c'est-à-dire le soir, avant de me coucher, et le dimanche, quand je n'avais pas à aller à Paris. Il en était de même pour la liberté, que j'avais retrouvée très grande, mon père, lui, ne s'étant jamais opposé à ce que je sorte quand je voulais, et le temps que je voulais. Il me le disait déjà quand j'avais dix ans. « Tu n'as qu'à prendre la clef. Pourvu que tu rentres, c'est tout ce qu'il faut. » Mais Courbevoie ! Le beau temps de la rue des Martyrs était passé, ce pays ne m'attirait pas, et je ne sortais guère. Déjà peu liant, n'éprouvant nullement le besoin d'une société, le même que j'avais été enfant, je n'avais guère non plus de compagnons dans mes allées et venues de Paris à Courbevoie, et c'était presque toujours renfrogné dans un coin de wagon que j'allais à mes besognes et en revenais. D'ailleurs, les compagnons que j'aurais pu avoir ! Mes anciens camarades de classe, devenus petits employés comme moi, une bande de jeunes butors qui ne songeaient qu'à jouer à la manille pendant tout le trajet, tous plus gueulards les uns que les autres. Ils ne m'avaient jamais beaucoup aimé, justement à cause de ma sauvagerie, et je m'étais toujours senti désarmé contre eux, à cause de ma timidité. Je sortais vraiment d'en prendre, et je faisais tout mon possible pour les éviter. Je n'y ai du reste pas toujours réussi, surtout plus tard, après mon service militaire, quand je fus rentré chez mon père, et que je recommençai à travailler à Paris. J'ai eu alors quelques matinées pas drôles, toute la bande hurlant après moi, tout le long de la partie du boulevard Haussmann qui va de la rue Auber à la Chaussée-d'Antin. Aucune cause, naturellement. Ne les connaissant pas, je ne m'occupais pas d'eux, voilà tout. S'il fallait connaître tous les gens avec lesquels on a été en classe, ou tous ceux avec lesquels on a été au régiment ! Pourquoi pas tous ceux avec lesquels on a été en omnibus ? C'est d'ailleurs ce que les gens simples, qui aiment à se taper mutuellement sur le ventre, appellent être poseur, paraît-il. J'ai eu plusieurs fois l'occasion de revoir quelques-uns de ces voyous, quand j'allais de temps en temps à Courbevoie, le dimanche, dans les dernières années que vivait mon père. Ils avaient beau passer à côté de moi, ils ne me reconnaissaient pas ; mais moi je les reconnaissais bien. Il est vrai que je n'y avais aucun mérite. Cet air imbécile que je leur avais connu quand ils étaient tout jeunes gens, maintenant qu'ils étaient devenus des hommes embellissait plus que jamais toute leur personne.

C'est au cours de ces voyages quotidiens que je fis connaissance avec Léon Ambert, le frère de ma première maîtresse. À dire vrai, je le connaissais déjà un peu. Cela remontait à l'époque de mes derniers mois de classe. Il était l'ami d'un de mes camarades, nommé Chalgrain, et venait souvent au-devant de lui, à la sortie de quatre heures. Je le vois encore, comme je l'apercevais alors de loin, dans la perspective de la rue de la Garenne, accompagné d'un énorme chien, un fouet à la main, parlant haut, riant fort, gesticulant, faisant claquer son fouet, toisant tout le monde avec insolence. Il habitait rue de la Station, une rue qui longe le chemin de fer, et que traverse la rue de la Garenne, au moyen d'un petit tunnel qui passe sous la voie, et les soirs qu'il venait chercher Chalgrain, ils remontaient ensemble jusqu'à l'angle des deux rues. C'était la fin de l'été. Sans en avoir l'air, je m'arrangeais pour marcher derrière eux, à une petite distance, de façon à regarder Ambert emplir toute la rue de sa voix et de ses mouvements. Quand ils arrivaient au coin de la rue de la Station, je les voyais souvent se rencontrer avec une jolie fille aux cheveux dorés, au rire libre, la nuque et la gorge assez décolletées, et qui semblait être venue au-devant d'eux. Chalgrain et Ambert se disaient au revoir, et Ambert s'enfonçait dans la rue de la Station avec la jolie fille, pendant que je poursuivais mon chemin, d'un côté tout opposé. Si l'on m'avait dit alors...

Léon Ambert avait juste un an de plus que moi, et était alors élève à l'École des Arts Décoratifs, section de la sculpture. Le charmant type que c'était déjà, si décoratif lui-même et ne le sachant que trop, avec ses jolis cheveux en boucles sur le front comme une femme, ses moustaches en crocs, toute son afféterie et son allure artiste et esbroufeuse. À l'âge où l'on commence à regarder, il avait déjà tout vu, connaissait et savait tout, n'y mettant d'ailleurs aucun égoïsme, et même jamais plus heureux que quand quelqu'un l'écoutait qu'il pensait éblouir. Du reste, un cœur délicat au possible, et le modèle des amis, qui trouvait toujours le moyen de vous utiliser, comme aussi de vous rendre service de temps en temps, rien que pour le plaisir de vous le rappeler sans cesse après. Quant à ajouter à ces mérites une vanité du diable, et un côté homme à femmes déjà très prononcé, sous lesquels se préparait une absence de scrupules pas moins irréprochable, cela lui était si naturel qu'on n'y faisait plus attention. Il n'avait encore que dix-huit ans, mais à l'en croire aucune femme ne lui résistait, et le nombre de ses maîtresses était déjà très important. Après cela, venait le chapitre de sa famille, tous des artistes, et d'une valeur ! puis celui de l'art, et de son talent. Ah ! l'art, ce que j'en ai entendu de discours là-dessus ! Je crois bien que c'est lui qui m'a dégoûté à jamais de ce mot, autant que les fabricants de confiserie ou de chinoiseries littéraires. Il devait se dire que c'était là bien du dévouement, lui, un artiste ! et moi, un petit employé, mais cela ne faisait rien, et il m'en parlait tout de même. Je le vois, je l'entends encore, me déroulant des théories à perte de vue, me citant des noms d'artistes et d'œuvres, sculpteurs et sculptures, naturellement, avec le pouce de la main droite en l'air, les autres doigts fermés, modelant dans le vide des formes incomparables. Quel frémissement d'orgueil, quels airs de certitude, quel contentement de soi, quand il me parlait ensuite de ce qu'il voulait faire, de ce qu'il ferait, lui ! Comme sa mère serait heureuse, alors, sa mère, une femme si admirable, comme il me disait aussi sans cesse, en me faisant de sa vénération pour elle un étalage monstre, tant il est vrai que les gens qui ont une mère en abusent toujours. Pourtant, où il fallait surtout le voir et l'entendre, c'était sur le chapitre de l'honneur. L'honneur, sa parole d'honneur — je devrais peut-être mettre une grande *h ?* —, cela c'était son fort plus que tout le reste, à ce garçon. Il vous en parlait à chaque instant, sans se lasser, à propos des choses les plus futiles comme les plus sérieuses, et il ne fallait pas rire, ni même sourire. La seule idée du plus petit manquement à l'honneur l'indignait, et l'hypothèse d'un duel se présentait aussitôt à lui, si l'on témoignait la moindre incrédulité. Impressionnantes manifestations d'une âme que l'idéal emplissait toute. On se prenait, à l'entendre, à songer à ces paladins d'autrefois, pour qui l'honneur valait plus que la vie même. Malheureusement, notre époque n'est plus aux vertus de cette taille. Un si vif sentiment de l'honneur ne pouvait être compris, et Ambert en fit l'expérience quelques années plus tard, vers le milieu de 1896. Ayant trouvé un commanditaire, il s'était établi photographe, et des amusements de comptabilité le menèrent alors en correctionnelle, pendant que son associé, ruiné et pas content, se faisait sauter la tête. Quel jour ce dut être, je parle pour Ambert ! Il est vrai qu'il en sortit indemne, grâce à des protections obtenues par sa folle maîtresse à cette époque, une jeune grue de quarante ans, dont j'espère bien parler le moment venu. Mais tout de même, tant d'imposantes protestations, tant de belles paroles, la main sur la poitrine et les yeux au ciel ! Autant en avait emporté le petit vent d'une balle. Quand je songe qu'il a pu survivre à cette déception ! Son sentiment de l'honneur a joliment dû lui servir, ce jour-là.

Mais ces compliments sont prématurés, au moins dans l'ordre de ces souvenirs, et j'en reviens à ma connaissance avec Ambert, qui se transforma vite de part et autre en grande amitié. Une amitié qui s'expliquait si bien, d'ailleurs. Avec moi, pour parler, discourir, et se faire mousser, Ambert était à son affaire. Pas très hardi, et encore moins bavard, capable de l'écouter, lui ou un autre, pendant des heures sans dire un mot, je ne songeais guère à le contredire ni à discuter ses mérites. Je n'étais pas non plus comme aujourd'hui, à voir tout de suite les qualités des gens, à éprouver le besoin irrésistible d'en dire du bien. Défauts et qualités, c'était le même prix pour moi : je n'y faisais pas autrement attention. Je vivais, je regardais, j'écoutais, sentant tout avec vivacité et retenant tout. Pour le reste, il fallait attendre, et, comme on dit, personne n'y a perdu. De mon côté, comment Ambert ne m'aurait-il pas plu, charmant avec moi, vrai bon camarade, toujours gai, amusé et amusant, ce qui me changeait, comme le jour et la nuit, autant de mon intérieur familial que de mes jeunes idiots habituels. Le charme de la canaille, ajouteront peut-être les mauvaises langues? Mon Dieu! chacun son goût. Les honnêtes gens sont si bêtes, généralement, et Ambert n'était pas bête du tout, sous toutes ses esbroufes. Aussi les bonnes heures passées ensemble à cette époque, et les bonnes promenades, lui plus que jamais à son bluff, et moi si heureux de flâner, de me sentir libre, de voir des choses, d'oublier ma banlieue, de traîner dans des quartiers que je ne connaissais pas. Je travaillais alors rue d'Amboise, numéro 1, à la Compagnie d'assurances *La Nation*, disparue aujourd'hui, dans un petit bureau à l'entresol, dont les fenêtres donnaient sur la rue, et d'où je voyais se refléter sur les vitres des fenêtres des maisons d'en face les énormes coffres-forts de la maison Fichet, alors installée au coin de la rue de Richelieu et de la rue d'Amboise. Je crois bien que c'est dans ce petit bureau que j'ai commencé à faire des observations sur les collègues que j'ai eus dans mes diverses places. J'avais là pour compagnons d'abord un vieux monsieur très distingué, italien, nommé Rossi, qui ne vous disait jamais bonjour et au revoir autrement que par des « Buon giorno, mio caro » et « A rivederci, signor ! » et jurait de temps en temps des « Cazzo di Cristo ! » quand ses chiffres ne marchaient pas. Puis une sorte de doux flemmard, vrai gavroche, nommé Ternaux, toujours en retard, toujours de bonne humeur, et dont toute la besogne consistait à dormir la journée entière sur des piles de polices posées devant lui. Le chef le réveillait de temps en temps. « Voyons, monsieur Ternaux, qu'est-ce que vous faites là ? — Moi, Monsieur ?... J'attends six heures ! » répondait Ternaux en bâillant. Puis encore un autre, nommé Lerouxel de la Vionnière, un noble pas riche, qui avait la manie d'écrire avec des porte-plume de liège énormes. Un doigt lui manquait à la main droite, ce qui me causait un malaise chaque fois que j'avais à lui donner la main. Mais, l'extra, c'était notre chef de bureau, M. Delorme, un grand gaillard à la figure ouverte, franche, ancien officier de cavalerie, ex-viveur, et qui remuait de temps en temps ses vieux souvenirs de bonnes fortunes, renversé sur le dossier de sa chaise, pendant que nous l'écoutions avec déférence, en fumant tous comme des Suisses. Quand il faisait beau et que le travail n'était pas pressé, il nous envoyait à tour de rôle faire un tour, ou écouter une heure la musique au Palais-Royal. Pour ma part, j'avais un traitement spécial. Quand M. Delorme me voyait mal en train, le matin, le nez tourné vers la fenêtre, guignant le beau soleil et la rue, il savait ce que cela voulait dire : « Allons, monsieur Léautaud, vous avez envie d'aller retrouver votre ami au Quartier latin. C'est entendu, allez-vous-en. Vous rentrerez après déjeuner. » Je ne me le faisais pas dire deux fois, et je filais, de toutes mes bonnes jambes de jeune homme. Quelquefois même, je ne venais pas du tout, ou n'apparaissais qu'à onze heures, m'étant laissé entraîner par Ambert dès la gare Saint-Lazare. J'en étais quitte pour m'excuser auprès de M. Delorme, qui n'en était pas moins aimable. Les occasions ne me manquent pas de me souvenir de M. Delorme, qui doit m'avoir bien oublié, depuis tout ce temps. De temps en temps, je le rencontre dans Paris, à pied par tous les temps, l'air peu riche, un peu vieilli. Je songe au coup qui dut le frapper quand *La Nation* s'effondra. À son âge, retrouver une place, et comme celle qu'il avait, ayant femme et enfant ! Avec quel plaisir je l'arrêterais et lui serrerais la main. « Bonjour, monsieur Delorme. Vous ne me reconnaissez pas ? Léautaud ! vous savez bien, Léautaud, à *La Nation ?* » Mais qu'est-ce que je lui dirais, après cela, et il a toujours l'air pressé. Je l'ai regardé plusieurs fois en plein visage, il m'a regardé aussi, mais il ne m'a jamais reconnu. Il faudra pourtant que je me décide un jour. Je lui dois bien cela.

C'est ainsi que se passèrent mes premières relations avec Ambert. Arrivés le matin ensemble à Paris, nous retrouvions à la gare un de ses camarades d'école, sculpteur aussi, nommé Sonnette, et au lieu d'aller à mon bureau, je filais avec eux. Nous allions d'abord passer un moment à l'École des Arts Décoratifs, où Ambert et Sonnette changeaient plus ou moins de place quelques blocs de glaise, ou assistaient à une moitié de leçon, puis nous filions au Musée du Luxembourg, contempler les chefs-d'œuvre, ou nous asseoir au Luxembourg, ou faire de vastes promenades dans toute cette région comprise entre la rue Monge et la rue de Rennes, les quais et le boulevard Montparnasse. C'étaient mes débuts sur la rive gauche et tous ces quartiers me semblaient être au diable. En vrais amis, Ambert et Sonnette se mettaient en quatre pour me dégourdir, et pour me faire aussi mon éducation artistique. J'en avais tant besoin, et ils étaient, en même temps que si farceurs, déjà si connaisseurs ! Seulement, quel temps perdu ! Aucun feu sacré, chez moi. Je voulais bien les suivre où ils allaient, les regarder faire, profiter de leur gaieté en riant aux éclats de leurs farces de rapins vieilles comme le monde, mais c'était tout. Un rôle actif ne me disait rien. Je n'étais pas moins rouillé pour les choses sérieuses, quand il s'agissait d'élever mon esprit jusqu'aux purs sommets de l'art. Je me rappelle nos visites au Musée du Luxembourg, et les premières fois que je vis *L'Olympia.* Ambert et Sonnette se tordaient, n'avaient pas assez de lazzis et d'injures pour ce tableau, pour cette peinture. « Hein ? est-ce assez laid, et ridicule ?... » me disaient-ils chaque fois d'un ton encourageant. Laid ?... ridicule ?... Je me vois encore, regardant tout seul, pendant qu'ils blaguaient. Je ne dirai pas que je voyais déjà toute la beauté de *L'Olympia*, ni que je comprenais beaucoup, mais je voyais encore moins pourquoi mes deux artistes s'esclaffaient si fort. On passait ensuite aux œuvres qu'ils admiraient, des nymphes ou déesses de Falguière, des sculptures de je ne sais quel Aimé Morot, une grande peinture de Bouguereau intitulée, je crois, *Mater dolorosa*, et quelques autres du même genre que j'ai oubliées. Quelles louanges, quelle émotion, alors ! Leurs deux âmes communiaient dans le génie, ni plus ni moins. Quant à moi, j'attendais, sans rien dire, comme toujours, fermé décidément aux belles choses, malgré le cours soigné qui m'était fait. Ce que c'est que le sentiment de l'art ! Ambert est en fin de compte devenu cabot en province, et Sonnette sculpte aujourd'hui des façades de maisons. Il n'y a que moi qui suis encore, et je me suis même gâté davantage, comme aux jours où *L'Olympia* me retenait vaguement, et où tant de chefs-d'œuvre me faisaient bâiller.

Pendant quelque temps, mes bénéfices dans l'amitié d'Ambert n'allèrent pas plus loin. Je savais qu'il vivait avec sa mère et sa sœur chez un oncle, frère de sa mère, un ingénieur remarquable, m'avait-il assuré. Tout ce qui le touchait était de si premier choix ! C'était rue de la Station, dans un pavillon entouré d'un jardin. Chaque matin, quand nous passions en wagon devant leur maison, il me montrait sa mère, la femme admirable, qui lui disait au revoir de la main, sur le seuil d'une porte de cuisine, auréolée d'une galerie de casseroles. Quelquefois aussi sa sœur apparaissait à une fenêtre, la première à droite, au premier, encore à peine vêtue, lui faisant également un petit signe. C'était la jolie fille aux cheveux dorés que j'avais vue autrefois. Son père avait quitté sa mère il y avait déjà longtemps, alors que lui et sa sœur étaient tout enfants. Il était le fils d'un chanteur d'opéra qui avait eu une certaine vogue dans son temps, et le frère de deux chanteuses d'opéra-comique dont l'une avait atteint, paraît-il, une vraie célébrité. Lui-même, dans sa jeunesse, avait rêvé la même carrière, ayant également une fort belle voix et d'étonnantes dispositions, naturellement, mais le manque de fortune, la bêtise de s'être marié, les enfants qui étaient venus, etc. Autant de gloires dont Ambert se prévalait sans cesse avec moi, et qu'il m'assurait ne pas démentir un jour, bien au contraire. Je savais donc tout cela, mais c'était tout. C'est alors qu'un dimanche, comme mon père avait oublié de donner son billet, l'idée me vint d'aller faire une bonne surprise à Ambert. Je demandai son billet à mon père, et je courus rue de la Station offrir à mon ami d'aller le soir même à la Comédie-Française. Ambert avait dû parler de moi, sans doute, et me donner, par habitude, des mérites à la douzaine, et l'on devait être tout préparé à me voir, car je fus reçu à merveille. En moins d'une heure, je fis connaissance avec l'oncle, avec sa femme, avec leur petite fille, et avec leur fils, qui était à peu près du même âge que moi. Il y avait aussi la grand'mère d'Ambert, très vieille dame ancienne mode et distraite au possible, puis sa mère, bonne femme excellente, assez énorme, et très simple d'esprit, un peu le genre des vieilles dames des drames de l'Ambigu, puis enfin Mlle Jeanne, une jeune personne pas timide, qui me parut conduire tout le monde, et qui remplissait toute la maison de son rire, de sa voix, de la masse de ses cheveux éclatants. Le billet fut accepté avec plaisir, et je m'en allai, accablé d'invitations à revenir, sans me gêner, quand je voudrais, et autant que je voudrais.

C'est une belle occasion de le dire au sujet de toute cette histoire. J'ai toujours été dans mes relations ce que je suis comme amoureux. Je ne me suis jamais forcé, je n'ai jamais cherché à être plus aimable que je ne peux. Le monde est si drôle, cependant, que j'ai toujours conquis, et d'une façon assez importante, la sympathie des gens à qui j'ai permis de me connaître. Il m'arrive même souvent d'en être étonné à l'extrême, tant j'y ai peu pensé, et me suis peu fatigué. Encore un qui m'adore, me dis-je alors avec attendrissement. Nous verrons ce que cela durera. Et naturellement, je n'en vois jamais la fin, tant il est vrai que l'habitude est une seconde nature. Au contraire, les gens qui ne m'ont vu qu'une fois ou deux, ou qui ne me voient qu'en passant, ceux-là font les difficiles, me trouvent brusque, déplaisant, sauvage, un individu à ne pas voir, en un mot. Citerais-je l'exemple de ma mère, qui m'a bien vu en tout huit jours dans sa vie ? Pas moyen de me faire apprécier, avec elle, et à chaque fois que nous nous sommes vus, ce n'a été que pour attendre davantage avant de nous revoir. Cet étonnant phénomène se reproduisit dans toutes ses phases chez l'oncle d'Ambert. Plus j'y allais, plus on me demandait de revenir, et je n'y avais pas été cinq fois, que j'étais déjà considéré comme quelqu'un de la maison. J'avais d'ailleurs bien raison de penser, la première fois, qu'on me connaissait un peu avant de m'avoir vu. Il paraît que j'avais déjà dans Courbevoie toute une petite réputation. La maison de mon père passait pour le lieu de toutes les dépravations, lui pour un homme qui avait sans cesse des tas de femmes dans son lit, et je passais moi-même pour coucher pour de bon avec toutes les bonnes. Pour de bon ! quand j'en étais si loin, comme on l'a vu. Malheureusement, on savait aussi mes exercices avec ma future belle-mère, la douce vie dont je sortais à peine. Cela atténuait ma légende, on croyait moins à mes fredaines. Bientôt, même, on n'y vit plus que des commérages, et j'apparus sous mon jour naturel, dépouillé de toutes prouesses. Je crois bien qu'à partir de ce dimanche, où j'étais allé porter le billet à Ambert, et même avant qu'aient commencé mes amours avec sa sœur, j'ai passé dans cette maison tous mes dimanches. Tout le monde, jusqu'à la petite fille de l'oncle, âgée de quatre ans, et qui me réclamait toute la semaine, était si heureux de me voir. J'arrivais vers deux heures, et me mêlais aux gens qui étaient là en visite. L'oncle d'Ambert, l'ingénieur remarquable, expliquait ses recherches, auxquelles chacun s'intéressait comme il pouvait. Je me rappelle aussi le dimanche où l'on installa au-dessus de la porte d'entrée du pavillon une tête de Mercure sculptée par Ambert. Elle y est toujours, bien que depuis longtemps d'autres locataires occupent la maison, et quand j'allais encore de temps en temps à Courbevoie du vivant de mon père, je la regardais chaque fois en passant en chemin de fer. Puis, les visiteurs partis, on dînait, tout à fait en famille, moi admirablement placé entre les deux demoiselles de la maison, la petite et la grande, et l'on restait ensuite à bavarder, jusque vers onze heures. Qu'est-ce que je pouvais bien dire et raconter, pour ma part ? Le diable si je m'en souviens ! Je me laissais adorer, voilà tout.

Premiers moments de l'amour, qui laissent en nous des traces si profondes ! Je cherche à retrouver comment débutèrent mes amours avec Jeanne Ambert, et c'est remarquable comme je ne trouve rien. Elles durent commencer deux ou trois mois après mon entrée dans la maison, peut-être moins. Quand il s'agit de tels bonheurs, on s'exagère facilement le temps. Elle était de manières très libres, comme j'ai dit, même un peu garçon, et nous étions vite devenus très camarades. Je la changeais un peu des personnes sérieuses qui l'entouraient. Pas besoin, avec moi, d'être posée, d'avoir de la tenue, toutes choses qui l'assommaient. Au contraire, plus elle se tenait mal, plus elle touchait mon cœur. Elle se joignait à moi dans les parties que je faisais avec la petite fille de l'oncle, et souvent, je me trouvais, sans m'y attendre, à me cacher avec elle dans le même coin, pendant que l'enfant nous cherchait. Ah ! les jeux de l'amour et de l'intention. Je n'eus vraiment rien alors d'un suborneur de filles, et ce fut bien elle qui commença, ou du moins qui m'encouragea, en créant les circonstances. Elle était d'ailleurs tellement plus entreprenante que moi. L'âge qu'elle avait, aussi. Elle a cinq ans de plus que moi, j'en avais dix-sept, elle en avait donc vingt-deux. À cet âge, une jeune femme, et de sa nature, et sage comme elle l'était réellement. De plus, je lui plaisais fort, et elle ne s'en cachait pas, pas assez, même, je l'ai appris plus tard, quand sa mère me raconta de petites choses sur cette époque. En tout cas, je n'eus aucune peine, nous avions fait le chemin ensemble, elle encore plus vite que moi, et le jour où je commençai, il y avait beau temps qu'elle attendait. Quant à essayer de faire son portrait, je suis bien embarrassé. Qu'on imagine une grande fille, très originale d'aspect, et ce qu'il y a de plus voluptueux comme femme, une de ces femmes qui font se retourner tous les hommes, avec ce teint et cette peau des rousses quand elles sont jolies. Je peux d'ailleurs le dire sans trop de vantardise, jusqu'ici j'ai eu plutôt des jolies filles. J'ai quelques photographies d'elle, à différentes époques, tout le temps qu'elle garda sa beauté, une dizaine d'années au plus. Un jour, sait-on jamais ? Quand nous serons tous déménagés, on retrouvera peut-être ces portraits, en même temps que ceux de tous les personnages de mes souvenirs, pour les publier. On verra alors si j'ai bien dit. Une mère jolie femme, une première maîtresse jolie fille ! Cela orne quelquefois votre rêverie pour toute la vie. Je cherche encore, ce que j'ai dit plus haut, le commencement de nos amours et je ne trouve encore rien de précis, si ce n'est ceci. Un dimanche, j'étais allé à Paris dans l'après-midi. Il était convenu que je revenais dîner rue de la Station. Quand je revins, elle était sur le pas de la porte de la rue. J'avais acheté pour elle un bouquet de violettes. La trouvant là, seule, dans la nuit qui commençait à tomber, je le lui donnai. Elle feignit d'en être surprise, je m'en souviens, et je dus lui dire alors, avec mon amabilité ordinaire, les si douces paroles qu'elle attendait et qu'elle avait tout fait pour amener.

Alors, quel roman, qui va certainement me

demander bien des pages, sans compter l'émotion. On ne vit plus que moi rue de la Station, non seulement le dimanche, mais encore presque chaque soir. Jeanne savait si bien pousser tout le monde à me faire venir, sans en avoir l'air, et j'avais moi-même de si bonnes raisons ! N'était-ce pas toute ma vie, cette jolie fille, du moins je me le disais, et avec une conviction des plus solides ? Je passais chaque jour de la semaine à attendre avec impatience le moment de la voir le soir, et toute la semaine à soupirer après l'heureux dimanche, et elle en faisait autant de son côté. Comment tout cela n'éveilla pas plus tôt les soupçons de l'oncle et de la tante, ce fut vraiment une de ces chances comme on en voit peu. Jeanne dirigeait tout, d'ailleurs, je m'en remettais à elle. Quand j'arrivais le dimanche, on ne me voyait pas longtemps dans le cabinet de l'oncle, à l'écouter discourir sur ses travaux. Ces grandes choses ne m'intéressaient plus, et j'aimais bien mieux m'en aller avec Jeanne dans une autre pièce, dans la compagnie, si peu importante, de sa mère et de sa grand'mère. Là, on jouait, on bavardait, on était tout à son amour. Il y avait une boîte à musique, qu'on faisait marcher un bon moment pour se distraire,

La Gavotte Stéphanie, La Dernière Pensée de Weber, La Promenade sur l'eau, d'autres airs encore dont les noms ne me sont pas restés, défilaient alors, augmentés d'un petit bruit de métal pas ménagé. C'était d'un charme ! C'est à cette époque que Jeanne me donna son portrait, une photographie, la première que j'ai eue d'elle et que j'ai encore. Cette photographie remontait déjà un peu, au temps où elle avait dix-sept ou dix-huit ans, et qu'elle habitait encore rue Lamarck, où elle était née, et la montrait un peu bouffie, avec des masses de cheveux jusqu'aux yeux, comme c'était encore la mode, mais quel plaisir elle me fit tout de même. Elle y avait mis, au dos, une dédicace : *Souvenir de sa bien-aimée à son Paul chéri. Donné le 14 avril 1889, Amour et Fidélité. Jane.* 14 avril 1889 ! Dix-sept ans ! Ah ! jeunesse. Quand je relis aujourd'hui ces lignes adorables, je les trouve bêtes comme une inscription mortuaire. L'amour ne me donnait pas moins d'ailes, il est vrai. J'avais quitté ma place de Paris — un peu trop d'esprit avec le chef comptable de *La Nation* — et j'étais occupé provisoirement à Courbevoie même, dans un petit journal local où je n'avais rien à faire. Je me rappelle que j'écrivais là pour mon idole quelques-uns de ces vers dont les chansons de M. Xavier Privas donneraient assez bien une idée, si elles n'étaient pas encore plus ridicules. Heureusement, ma timidité sur ce sujet me sauva, et leur destinataire ne sut jamais rien de ces chefs-d'œuvre, pas plus que je ne sais moi-même ce que j'en pus bien faire. Ces heures de poésie furent d'ailleurs très courtes. Je retrouvai bientôt une place à Paris, 11, rue de la Grange-Batelière, chez une sorte de chevalier d'industrie, et mes voyages avec Ambert recommencèrent. Comme tout le monde y gagnerait, si toutes les jeunes filles avaient un frère de ce genre ! Mes amours avec sa sœur avaient encore resserré notre camaraderie. Comme ils n'avaient rien de caché l'un pour l'autre, elle l'avait mis au courant dès le premier jour, en lui faisant souvenir qu'elle était son aînée et qu'il n'avait rien à dire. C'était d'ailleurs lui faire injure, à ce noble cœur. Ambert avait trop besoin de sa sœur pour son compte personnel pour dire quoi que ce soit et il nous aidait au contraire de son mieux. Par exemple, c'était lui qui faisait le facteur, pour les lettres que Jeanne et moi nous nous écrivions, non contents de nous voir chaque jour. On a tant à se dire quand on s'aime, et des choses si spirituelles qu'on ne peut que les écrire ! L'amitié du fils, si grande, l'amour de la fille, si flatteur, m'avaient encore mérité les bontés de la mère, assez admirable, en effet, je commençais à le croire. Chaque matin, je partais de chez mon père un bon moment avant l'heure du train, et je courais prendre Ambert chez lui. Il n'y avait encore de levés dans toute la maison que lui et sa mère, toujours attentive à le dorloter. Le petit déjeuner était préparé, confortable au possible. J'en avais ma part, puis nous partions ensemble. Quand le train passait, qui nous emportait à Paris, pas davantage de jaloux, ayant chacun notre petit bonjour de loin, moi celui de Jeanne, qui sautait vite de son lit et courait exprès à sa fenêtre, et lui celui de sa mère. Quand je revenais le soir, je faisais également, avant de rentrer chez mon père, un détour par la rue de la Station. Jeanne m'attendait sur le pas de la porte, tendre, pleine de montant, et nous restions là quelques minutes ensemble, pendant qu'Ambert occupait la famille à l'intérieur, ou promenait le chien le long du talus de chemin de fer, en faisant exprès un grand bruit de paroles et de rires pour que personne n'eût l'idée de venir voir. Je ne veux pas oublier non plus les soirées chez l'oncle, qui terminaient souvent ces journées. Les douces heures que c'était encore ! Je venais pour le dîner, ou bien j'arrivais après. L'oncle retournait s'enfermer dans son bureau. Ambert était le plus souvent absent, reparti à Paris pour un cours, ou pour faire le jeune homme. Assis autour d'une grande table dans la salle à manger, nous étions là seulement la femme de l'oncle et son fils, la grand'mère et la mère d'Ambert, et Jeanne et moi. On prenait du thé, on bavardait, on jouait au loto. Ah ! les premiers serrements de main de la femme aimée, moi aussi. Jeanne était toujours assise à côté de moi, et la partie bien engagée elle glissait une main sous la table (. . . . .) et restait ainsi (. . . . . . .) tout le temps que durait la partie. C'était elle qui avait trouvé cela, le cher ange, et elle avait bien raison. De temps en temps, elle reprenait contenance, puis revenait. Je l'entends encore rire de tout l'aveuglement des autres qui ne pensaient qu'à leurs cartons. Ces bonnes gens ne se doutaient de rien, en effet, et pourtant s'ils nous avaient découverts ! Moi surtout, me voit-on, tout se découvrant ? Mais nous découvrir, la grand'mère à moitié aveugle, la mère, aveugle d'un autre genre et dont son fils et sa fille faisaient tout ce qu'ils voulaient, et le fils de

l'oncle qui se moquait pas mal de tout cela ? Il n'y avait pas de danger, et nous eussent-ils vus qu'ils n'eussent rien dit. Quant à la tante, Jeanne savait si bien la faire asseoir toujours si loin de nous ! Je me rappelle aussi très bien un soir avant le dîner, dans l'antichambre de la maison. On était en train de passer du cabinet de l'oncle dans la salle à manger. Nous étions les derniers. Jeanne sortit d'abord, puis s'arrêta dans l'antichambre, qui n'était pas éclairée, dans une sorte de coin que faisait l'escalier qui conduisait au premier. Je sortis à mon tour, et j'allais passer sans la voir, quand elle me prit le bras et m'attira pour m'embrasser, et là, en une minute (......
....
.......) Un autre soir, j'étais venu simplement, comme d'habitude, à la porte de la rue pour l'embrasser. Elle me prit la main, me fit entrer dans le jardin, et faire le tour de la maison. Le pavillon était partagé au rez-de-chaussée par un couloir qui formait antichambre, avec deux portes pour aller au jardin, l'une sur la façade, l'autre derrière. Elle me fit entrer sans bruit par cette dernière porte, passer par l'antichambre, puis monter avec elle le petit escalier qui conduisait au premier, et m'emmena dans sa chambre, où j'allais pour la

première fois. Il n'y avait aucune lumière. En bas, toute la famille dînait, tranquille comme autant de Baptistes. Jeanne redescendit un instant, pour dîner rapidement, puis vint me retrouver. Pour la première fois, je me trouvai avec elle vraiment seul, abandonnée dans mes bras, touchant de mes mains sous son peignoir son corps presque nu. Le délicieux, l'inoubliable moment, et quelle occasion ! Elle avait certainement espéré un excellent résultat de cette réunion clandestine, ma belle amie. Son lit était là tout près. Nous nous y étions même assis, si je ne me trompe. Mais je ne savais pas, je n'y pensai pas, ou je ne sais plus au juste ce qui se passait en moi, le manque de sûreté peut-être ? et il n'y eut que des baisers. Je restai là environ une heure, puis un moment favorable à mon départ étant venu, je partis de la même façon, par le même chemin, Jeanne me guidant dans l'obscurité, tous les deux évitant le moindre bruit. Presque un ratage de plus, quand j'y pense.

On allait aussi roucouler au-dehors, de temps en temps, et l'on va bien voir que si Ambert mettait toute son amitié à aider nos amours, il n'était pas sans y trouver quelquefois son bénéfice. Il y avait à cette époque, à Courbevoie, rue de Normandie, à deux pas de chez mon père, dans un petit pavillon assez retiré, dans cette région encore peu bâtie, une dame Lefébure et ses deux filles, l'une âgée d'une vingtaine d'années, l'autre de treize ou quatorze. Là se donnaient rendez-vous chaque soir tous les jeunes bellâtres de Courbevoie, empressés auprès de la mère et de la fille aînée, pendant que la cadette servait à peu près de bonne. Mme Lefébure était encore jeune, et le paraissait encore davantage, d'un peu loin, il est vrai, par ses toilettes de jeune fille et ses petites mines apprêtées, et à côté de sa fille, toutes les deux aussi maigres, aussi arrangées et aussi risquées d'allures, la différence n'était pas très grande. Toutes les deux s'exhibaient plus ou moins chaque année dans des concerts d'amateurs qui se donnaient à Courbevoie. Je me rappelle les y avoir vues une ou deux fois, niaises, gauches, avec des voix de toile qu'on déchire, dans des chansonnettes à leur mesure. Il me semblait revoir ma future belle-mère, du temps qu'elle s'exhibait de même et avec le même éclat, dans d'analogues concerts. Quant au mari et père, un homme pas embêtant. Il était commis voyageur, paraît-il, ou quelque chose de ce genre. Chaque mois, il faisait une apparition chez sa femme, au milieu de la nuit, puis repartait au petit jour, pour continuer sa vie ambulante. Du moins la mère et la fille le présentaient sous ce jour à leurs jeunes adorateurs, qui étaient nombreux, je le répète. Pensez donc ! deux actrices, et farouches ni l'une ni l'autre, le charme du talent et l'attrait de cuisses faciles, la mère à défaut de la fille, ou la fille à défaut de la mère, si même ce n'était pas toutes les deux ! C'était pour ces jeunes gens un peu de haute noce pas chère, et la maison ne désemplissait pas, souvent très tard dans la nuit. Or, Ambert n'aurait pas été Ambert s'il n'avait cherché à exercer là aussi ses jeunes talents d'homme à femmes. Laquelle des deux courtisait-il, de la mère et de la fille, je ne l'ai jamais su. L'une ou l'autre devait lui être indifférente, je crois. Tout ce qu'il devait chercher, c'était d'en avoir une, pour pouvoir s'en vanter après, et il devait certainement les courir toutes les deux à la fois. D'ailleurs, séduisant comme il l'était, et sachant si bien parler aux femmes et comment on s'y prend avec elles, toutes les deux lui tomberaient dans les bras, il en était bien sûr. La seule chose qui l'embarrassait, c'était de pouvoir y aller tous les soirs, le temps de remporter sa victoire. Comme un fait exprès, c'était justement le soir qu'il était le moins libre, l'oncle n'aimant guère à le voir dehors après dîner. Pour Paris, quand il voulait y passer une soirée, il pouvait encore prétexter un cours, cela prenait assez bien. Mais là, à Courbevoie même, quel prétexte donner, et qui pût servir plusieurs soirs ? Devant mes amours avec sa sœur, il ne fut pas long à trouver. La belle saison commençait. On pouvait déjà penser à aller faire un tour le soir, après le dîner. Ce serait là un motif excellent pour sortir. Il n'y avait plus qu'à s'entendre avec Jeanne. Le frère et la sœur ensemble, on ne se douterait certainement de rien. Il s'entendit donc avec Jeanne. Ne serait-elle pas enchantée d'aller faire ainsi un petit tour avec moi, pendant que lui, de son côté, irait faire le joli cœur rue de Normandie ? C'était si vrai qu'elle accepta tout de suite et les sorties furent organisées. Pendant une bonne quinzaine, presque chaque soir, Jeanne ou Ambert, après le dîner, parlait vaguement d'aller faire un tour, pas longtemps, histoire de prendre l'air. L'autre disait oui, tout de suite, ou faisait semblant de ne pas y tenir, pour mieux donner le change, puis se décidait enfin, comme pour faire plaisir à l'oncle, qui trouvait ces sorties si naturelles qu'il était le premier à les encourager, jusqu'à secouer celui qui faisait le paresseux, et finalement tous les deux partaient, bras dessus bras dessous, l'air pas plus pressés que s'ils n'allaient nulle part. Nous nous retrouvions à un coin de rue ; et Ambert filait vite chez ses femmes, pendant que Jeanne et moi allions nous promener dans la ravissante campagne de Courbevoie, un peu loin des dernières maisons, le plus souvent le long du talus de chemin de fer, par-delà une grande route appelée route du Havre. Après avoir trouvé un coin tranquille, et une place convenable pour nous asseoir, nous restions là une demi-heure, une heure, selon le temps dont nous disposions, et les caresses, les chers jeux de mains que nous pratiquions sous la table, pendant les soirées chez l'oncle, se donnaient libre cours. Jeanne était à son aise, alors, et moi pas moins, et le pantalon était vite ouvert, et les jupes vite troussées. Et pourtant quelle pureté, relative si l'on veut, nous gardions ! Nous nous accordions mutuellement un assez vif onanisme, voilà tout. Je n'ai plus ces moments très présents à la mémoire, ou du moins le souvenir de mes sensations. Sans doute, notre imagination à tous les deux n'allait pas plus loin que ces jeux, ou moi je ne devais pas oser, et elle, tout en y pensant fort, devait hésiter à se

décider. L'une de ces soirées m'est encore présente plus particulièrement. Nous étions allés ce soir-là, d'un côté tout opposé, nous asseoir dans un petit bois, appelé bois de Kilford, rue de Kilford, à deux pas de la maison de l'oncle, dont nous séparait seulement le talus du chemin de fer. Personne ne pouvait nous voir, eût-il fait grand jour, si bien enfermés que nous étions dans un petit taillis. Je la caressai et l'embrassai (. . . .
. . . .
. . . .) Chères, chères promenades où nos jeunes cœurs battaient si bien à l'unisson. Nous nous retrouvions ensuite tous les trois à l'endroit convenu, et Ambert et Jeanne rentraient ensemble rue de la Station, aussi tranquilles qu'ils en étaient partis, comme un bon frère et une bonne sœur qui avaient été faire un petit tour hygiénique.

Ambert était du reste un autre gaillard que moi. Non seulement il faisait déjà l'amour pour de bon, et certainement c'était lui qui avait raison, tandis que j'étais un peu en retard, mais encore il le faisait à plusieurs endroits, et les dames Lefébure ne lui faisaient pas oublier ses amies de Paris. C'est à propos d'une de ces dernières, qu'un soir où nous nous trouvions tous les trois il me fit cette proposition : « Je voudrais bien passer une soirée à Paris avec une femme que je connais et l'emmener au théâtre, me dit-il. Si tu voulais, tu me donnerais un billet pour la Comédie, et tu l'apporterais à la maison, comme de toi-même. Je ferai semblant de m'arranger avec Jeanne. Nous dirons que nous y allons ensemble, et à Paris tu nous retrouveras. Jeanne restera avec toi toute la soirée, et nous nous rejoindrons après le spectacle pour reprendre le train ensemble. » Tout le monde en conviendra ; Ambert était charmant avec moi. Il me demandait de lui garder sa sœur pour une soirée, pendant qu'il irait passer quelques heures avec sa bonne amie. Je ne pouvais vraiment pas lui refuser, et c'est ce que je fis ; j'acceptai. Je fais bien, à distance, quelques sérieuses réflexions. Tout cela était un peu équivoque. Le frère et la sœur avaient dû s'entendre. Peut-être même était-ce Jeanne qui avait eu la première cette excellente idée et y avait amené Ambert, en lui faisant briller tout le profit qu'il en aurait ? Elle devait si bien savoir qu'on obtenait tout de lui en servant tant soit peu ses intérêts. Eh bien, et après ? L'amour honnête, l'amour pur, le contraire de l'amour, n'est-ce pas ? On fait ce qu'on peut. Ces bêtises morales me seraient-elles venues qu'elles ne m'auraient pas arrêté, j'en suis bien sûr. J'ai tant vécu dans l'équivoque, pendant toute ma liaison avec Jeanne, et avec des gens qui vivaient de même, sans en être jamais gêné ! Il est vrai que je n'y pensais pas, mon seul tort. Ce serait aujourd'hui que j'en aurais un plaisir de plus.

Je demandai donc un billet à mon père, et Ambert et moi nous nous occupâmes de préparer nos rendez-vous. Je travaillais alors, comme je l'ai dit, rue de la Grange-Batelière, au numéro 11. C'est dans ce bureau, je m'en souviens en passant, que j'avais pour collègue un jeune journaliste qui me trouvait de si belles dispositions et m'avait si bien prêché que je ne parlais plus à tout le monde que d'étudier l'économie politique. Avec l'oncle d'Ambert, qui me trouvait une bouche d'orateur, c'était complet. C'était aussi quand j'étais dans cette place qu'Ambert m'entraîna dans une opération qui aurait pu me causer bien des ennuis. Il m'avait raconté je ne sais plus quelle histoire pour laquelle il lui fallait cinquante francs, absolument, et sans retard. Cinquante francs étaient une somme, pour moi, et j'étais loin de l'avoir. Je songeai alors que mon père avait à Courbevoie un marchand de vins, du côté de l'église, chez lequel il escomptait quelquefois des billets de complaisance, quand il avait besoin d'argent. Souvent, moi-même, j'avais été de sa part faire de ces commissions. C'était un moyen ! Je le soumis à Ambert, et il me jura si bien ses grands dieux qu'il aurait les fonds à l'échéance que j'établis un billet à un mois, tout comme faisait mon père, et le portai audit marchand de vins, qui fit l'opération sans rien regarder. Naturellement, la veille de l'échéance, ce brave Ambert n'avait pas le premier sou, et il fallait pourtant aller payer le lendemain, pour éviter que le billet fût présenté, et que mon père en eût connaissance. Ambert, lui, se contentait de se désespérer, sans rien faire de bon pour me tirer d'affaire et s'en moquant peut-être, au fond, mais moi je n'en menais pas large. C'est alors que j'eus l'idée d'écrire à ma marraine Bianca, que je n'avais pas vue depuis des années, depuis le départ de ma vieille bonne, quand elle me conduisait chez elle tous les dimanches, jours délicieux et trop courts. Je lui expliquai mon ennui, très franchement, et la réponse ne tarda pas. Le lendemain, sa dame de compagnie vint me trouver à mon bureau. Elle me remit les cinquante francs, et je pus aller le soir même retirer le billet et me délivrer de mon cauchemar. J'étais si irréfléchi que j'oubliai de lui écrire pour la remercier, ce qui m'a presque brouillé depuis avec elle, à mon grand regret. Mais j'arrive à notre soirée. La veille, je m'étais rendu rue des Martyrs, à l'hôtel des Martyrs, qui occupait la même maison qui porte encore aujourd'hui le numéro 7. Là se trouvait autrefois la Brasserie des Martyrs, que j'ai un peu connue dans mon enfance. L'hôtel dont je parle a lui-même disparu il y a quelques années, et tout l'immeuble est occupé maintenant par un magasin de nouveautés à l'enseigne de la *Galerie des Martyrs*. J'avais retenu là pour le lendemain soir une chambre, où un dîner serait servi, en payant le tout d'avance, à peu près vingt-cinq francs, je crois. Aucunement à me plaindre, d'ailleurs. Ce fut très bien. À six heures, Ambert m'amena Jeanne rue de la Grange-Batelière, et, la confiant à ma garde, se précipita à son rendez-vous, pendant que nous en faisions autant vers la rue des Martyrs. Jeanne s'est-elle souvenue quelquefois de cette soirée, dans cette jolie chambre toute tendue d'étoffe bleue, une vraie chambre de femme, que je revois si bien dans ses moindres détails, moi ! quand elle habita dans ce quartier avec son mari, vers

1900-1902 ? C'est pourtant un beau souvenir, surtout pour un premier rendez-vous. Malgré nos belles dispositions, je fus encore ce soir-là comme avec la bonne dont j'ai parlé, même manque de savoir et d'entreprise. Les deux étaient si près, d'ailleurs. À peine quelques mois, bien certainement. Il y avait aussi chez Jeanne une difficulté énorme, qui lui donna même à chaque essai plus de peur que de bien, si bien que tout se borna à nos exercices habituels, en plus grand, voilà tout. Le temps avait passé si vite, par surcroît. Bientôt, onze heures sonnèrent, et il fallut se lever, et se rhabiller, pour regagner notre banlieue. Je vois encore Jeanne, au moment de partir, s'amuser à rafler toutes les bougies qui restaient de la cérémonie, pour lire en cachette le soir dans sa chambre, me dit-elle. Quand nous arrivâmes place de la Trinité, où il avait été convenu qu'on se retrouverait, à un petit café blanc qui fait encore le coin de la Chaussée-d'Antin, Ambert était déjà à nous attendre, et nous filâmes tous les trois à la gare. Sur le quai, je trouvai mon père, qui rentrait aussi, et Ambert et sa sœur présentés, nous montâmes ensemble dans le train. Il était dit qu'Ambert aurait à lui seul tout le plaisir de la soirée. Assis en face de mon père, il ne déparla pas de tout le trajet. Un homme de théâtre ! C'en était une occasion pour se faire mousser ! Tous les ancêtres y passèrent, le grand-père chanteur d'opéra, les deux tantes chanteuses d'opéra-comique, l'oncle ingénieur et la mère admirable, après quoi vinrent ses propres mérites à lui, Ambert, ses propres talents et sa propre future gloire. Mon père était toujours d'excellente humeur, avec les autres ! Il avait justement très bien connu les deux chanteuses. Il bavardait avec Ambert très cordialement. Quant à Jeanne et moi, tout en riant par moments, nous ne parlions guère, juste ce qu'il fallait pour être polis. Peut-être pensait-elle à sa soirée, et qu'après tout elle en était encore au même point, la pauvre chérie ? Quant à moi, un plus grave sujet m'occupait bien probablement. N'allait-il pas falloir se quitter, jusqu'au lendemain ? Quel déchirement que la moindre séparation, quand on s'aime ! Tout le monde connaît cela, inutile d'insister.

C'est peu après cette soirée que j'entrai comme employé au journal *La République française*, 42, rue de la Chaussée-d'Antin, gazette, comme on sait, qui gagne à ne pas être connue. C'était, si je ne me trompe, dans les derniers temps du boulangisme. J'ai connu là, plus ou moins, quelques personnages illustres à divers titres, dont les noms, en choisissant, ne feront pas mal ici. D'abord, le directeur du journal à cette époque, M. Joseph Reinach, dont toute l'œuvre est si amusante, et à qui je servis deux ou trois fois de secrétaire. Ensuite Jules Ferry, que je revois encore très bien, montant l'escalier qui conduisait à la rédaction, le dos voûté, l'air craintif, le regard de côté, semblant toujours craindre je ne sais quoi par-derrière. Ensuite encore M. Eugène Pitou, le secrétaire de la rédaction, dont la concierge de l'immeuble raffolait dans le fond de son cœur, on le voyait bien à sa façon d'accourir se planter dans la cour, figée soudain en statue de l'admiration, chaque fois qu'il passait. Puis Mme Jeanne de la Vaudère, qui faisait alors ses débuts dans la littérature, avec un roman qui fut publié en feuilleton dans le journal, et que je ne lus pas plus que je n'ai lu tous ceux qu'elle a publiés depuis. Enfin, je présenterai M. Friedmann, mon caissier et chef de bureau, un grand Alsacien sec, brusque et emporté, mais avec des dessous excellents. M. Friedmann habitait comme moi Courbevoie, connaissait très bien mon père, et était fort au courant de mes délices familiales. D'un autre côté, ma future belle-mère était revenue de sa tournée, la dernière et la plus fructueuse, en ayant rapporté un enfant, comme je l'ai dit, et mes plaisirs avaient recommencé. Plus les gentillesses d'autrefois, qui n'étaient plus de saison. Mais me voir ainsi sortir tous les soirs, sans me soucier d'elle ni de ses cris, cela la dépassait, et il n'était pas de querelles qu'elle ne me cherchât. Le plus grand dommage, c'était que mon père, avec qui j'étais assez bien pendant qu'elle était à charmer les provinces, depuis qu'elle était revenue s'était remis aussi à être contre moi. Une première rupture ne tarda pas à en résulter, dont le récit ajoutera à ma collection d'anecdotes paternelles, si différentes, je ne le regrette pourtant pas, de celles de M. Claretie. Tous les jours une même quantité de pain blanc et de pain bis était apportée à la maison. Le premier était pour la table, le second pour les chiens. Seulement, mon père et ma future belle-mère adorant justement le second, tout était renversé. C'était le pain bis qu'on gardait pour la table, et le blanc qu'on donnait aux chiens. Or, je n'étais pas non plus très d'accord là-dessus avec ma famille. Le pain bis me dégoûtait, moi, et je ne cessais de demander qu'on voulût bien m'en garder de l'autre. Me traiter comme les chiens, je n'étais pas exigeant ? Naturellement, mon père ne s'occupant pas de ces choses, c'était à sa gracieuse compagne que je m'adressais, mais tout ce qu'elle savait me répondre, et en quels termes choisis ! c'était que si je n'étais pas content je n'avais qu'à déménager, qu'on en serait enchanté, et mon père tout le premier. Pas content, c'était plusieurs fois mon cas, certes, mais quant à partir, un instant. Ce qu'elle disait là, ou rien, c'était la même chose, et je ne le lui cachais pas. Chez moi aussi bien qu'elle, et même avant elle — j'avais entendu mon père, un jour de scène à mon sujet, se servir de cette imposante expression —, si quelqu'un avait à me dire de partir, ce n'était pas elle, et quant à mon père, le jour où il me le dirait, je saurais bien m'en occuper tout seul. Ce beau jour arriva, ce beau soir, plutôt. Il n'avait pas à aller au théâtre, et nous dînions ensemble. C'étaient du reste les seuls soirs où je dînais pour de bon. Les autres, quand il dînait à six heures, puis partait à la Comédie, à mon arrivée la table était enlevée, ma future belle-mère à faire salon dans le voisinage avec des commères, et je dînais comme je pouvais. L'excellent homme était donc là, à l'instar du pain bis, qui me fut servi une nouvelle fois. Depuis le temps que je réclamais, je ne pus y tenir, et me regimbai tout net, en ne cachant pas mon admiration pour un pareil entêtement. Soit qu'il fût de mauvaise humeur ou que son amante l'eût remonté, mon procédé mit mon père hors de lui, et cet homme hors de lui cela valait le dérangement. « Si tu n'es pas content, me dit-il, tu peux aller manger ailleurs et ficher le camp ! » Le même texte que l'autre ! Ces deux âmes se comprenaient, décidément. Mon parti fut vite pris de les laisser à ce bonheur. Le dîner achevé, on me laissa seul, pour aller se promener dans Courbevoie. C'était le moment ou jamais de me dévouer. Je pris au grenier une vieille petite malle qui avait servi autrefois à mon père quand il allait jouer en province. Je mis dedans mes affaires, et, bouclant la porte, sans m'inquiéter des voisins, j'allai prendre le train pour Paris. Une dizaine de francs dans ma poche, justement ! Arrivé à Paris, je m'installai dans une voiture, et me fis conduire rue Monsieur-le-Prince, où je pris une chambre dans un hôtel au hasard, au numéro 45, alors hôtel de la Lozère, aujourd'hui hôtel des Charentes, ces gens-là n'y regardent pas de si près. Ah ! ce petit intérieur, voisin des water-closets, dans ce *Terminus* d'étudiants bon marché, et cette première soirée de *home rule*. Pas un de mes bons souvenirs. Vivre dans de tels endroits, dire qu'il y a des gens qui s'y font. Je ressortis aussitôt, et allai rêver à moi, et pas gaiement, tout le restant de la soirée, à la terrasse d'un marchand de vins qui fait encore le coin de la rue Monsieur-le-Prince et du boulevard Saint-Michel, là même où il faut descendre quelques marches, et ne rentrai que pour me coucher, ainsi que je fis chacun des soirs que je vécus là. Aussitôt arrivé à mon bureau le lendemain matin, M. Friedmann fut informé de mon changement de domicile et de son prologue. J'eus tout de suite son approbation, appuyée d'une avance de fonds pour me débrouiller. Pendant deux ou trois jours, je fus tranquille, puis mon père se mit à bouger. Il commença par m'écrire, lui qui n'écrivait jamais, pour m'ordonner de rentrer. Ordonner, c'était son fort, à cet homme. Comprendre, moins. Il se plaignit ensuite de mon départ à M. Friedmann. Il fut bien reçu. « Mon cher ami, lui dit le doux Alsacien, je suis avec votre fils, et il n'y a pas que moi. Je veux bien tout de même m'entremettre pour qu'il rentre. Seulement, c'est à une condition. Vous allez me donner votre parole de ne pas lui dire un mot de son départ ni de l'argent dépensé. » Il était écrit que je n'aurais pas encore la paix. Dans un élan d'amour pour moi, mon père se fendit de sa parole. M. Friedmann déploya ses grâces, et au bout d'une huitaine je reparus dans ma délicieuse famille, qui fit l'aimable. Mais le charme était rompu, et ce n'était là que partie remise.

L'existence ne marchait d'ailleurs guère mieux rue de la Station, dans le pavillon de mes amours. La tante, une petite femme noire, peu jolie, jalousait fort Jeanne, et comme il paraît qu'elle avait fini par s'apercevoir de nos amours, le tout avait éclaté dans une scène assez belle. Mme Ambert, la bonne âme, avait voulu tout arranger, et avait naturellement encore augmenté la discorde, en se faisant traiter de borgne et d'aveugle. Tout cela me fut raconté un soir, en faisant un tour, Jeanne, Ambert, leur mère et moi, avec l'indication de me montrer un peu moins, en attendant des temps meilleurs. Ambert en profita même pour nous expliquer le fin du fin de la colère de sa tante, pour qui mes intimités avec Jeanne n'avaient été qu'un prétexte. La vérité, c'était que cette femme était folle de lui, cela se voyait assez, du reste, et s'il avait voulu coucher avec elle ! Mais elle pouvait se fouiller, un garçon comme lui ! Sur quoi Mme Ambert le regardait avec attendrissement, en l'approuvant d'un air malin autant que possible. Bientôt, le désaccord s'accentua, tout le monde y mettant du sien, depuis la tante furieuse jusqu'à Ambert et Jeanne pas fâchés à l'idée de devenir libres, en passant par le fils de l'oncle que tout cela amusait beaucoup. La maison devint un enfer, la vie de famille un souvenir, et Mme Ambert dut se résigner à quitter son remarquable frère et à aller vivre à Paris avec ses enfants. Encore un beau soir, celui où j'appris la nouvelle. Malgré son énormité, Mme Ambert ne tenait pas en place, pendant que son fils et sa fille ne cessaient de vanter ses mérites, de peur qu'elle se ravisât. Pendant trois jours, Ambert ne rentra pas, occupé, paraît-il, à chercher un logement, dans les environs de son école. Puis il n'y eut plus qu'à organiser le départ, la foule des paquets, et la séance des adieux.

Il me semble bien que c'est ici que se place le rendez-vous où Jeanne et moi nous réparâmes notre mauvaise conduite de la rue des Martyrs. Peut-être n'eut-il lieu cependant qu'après le départ de Courbevoie, mais ce fut alors dans les tout premiers temps de l'installation à Paris, et je ne ferais dans ce cas erreur que de quelques jours. Nous nous étions donné rendez-vous place du Palais-Royal, une après-midi, à trois heures, et la cérémonie eut lieu dans une chambre d'hôtel de la rue de Vaugirard, au numéro 4, l'hôtel de Lisbonne, cette fois-ci, dont j'ai très nettement la disposition devant les yeux. Une jolie naïveté à mon compte, en arrivant là. Je me rappelle que, montrant au garçon une petite serviette que je traînais alors toujours avec moi, garnie de papiers et de livres, j'éprouvai le besoin de lui dire que je venais pour travailler, et lui demandai de me monter de quoi écrire, tout cela pour occuper la timidité qui m'embarrassait. J'aurais bien dû prendre quelques notes, d'ailleurs, comme j'ai toujours fait depuis, même dans des circonstances moins sérieuses, comme la mort de mon père, par exemple, ou l'entrevue avec ma mère à Calais. J'aurais au moins quelques bonnes lignes à écrire en ce moment.

Mes souvenirs, en effet, s'arrêtent là, de ce grand jour où je fis avec Jeanne, et pour la première fois, l'amour pour de bon. Ce n'est même pas la peine que je me fatigue à chercher. Je revois ce corps d'un rose pâle, ces seins pleins et durs, ce visage brillant d'ardeur, d'autres beautés encore plus intéressantes, je respire cette odeur de rousse, chevelure et corps, mais les détails, mais mon plaisir à moi, mon ardeur... Pas plus que si c'eût été un autre. L'émotion inséparable d'un premier début, peut-être ?

Enfin, le jour du départ arriva. C'était dans la première moitié de 1889, probablement fin mai ou commencement de juin. Il y avait peu de temps, une Exposition universelle s'était ouverte. Ambert, sa mère et Jeanne s'installèrent dans un petit logement d'une maison pauvre, à cent lieues de mes quartiers habituels, tout là-haut, faubourg Saint-Jacques, au numéro 13. Quand tout cela fut fait, on m'en informa, et j'allai me rendre compte. Je me rappelle encore mon impression de la distance, que je trouvai énorme, la première fois. Dès lors, je vins passer là tous mes dimanches. Je partais de Courbevoie de bonne heure, je passais d'abord à *La République française*, pour le courrier du dimanche, puis je repartais pour le faubourg Saint-Jacques, soit à pied, soit sur l'impériale de l'omnibus Montmartre-Place Saint-Jacques, supprimé ces dernières années. La maison, qui est démolie aujourd'hui, était un peu en avance sur l'alignement, et dès que j'arrivais aux dernières maisons de la rue Saint-Jacques, j'apercevais de loin, par-delà la traversée du boulevard de Port-Royal, à la fenêtre du logement, une chère tête blonde (vieux style) qui guettait ma venue. Il était entre neuf heures et neuf heures et demie. Mme Ambert était à son marché, ou y partait quand j'arrivais. Jeanne était habillée juste ce qu'il fallait pour me plaire, et nous avions là, chaque fois, un agréable moment d'intimité, de tendresse, de jeunesse, je peux bien écrire ce mot. Comme je l'ai vif en moi, le souvenir de ces matinées ! Il n'est pas jusqu'au grand soleil qu'il faisait que je ne sente encore, et c'est un joli détail, je crois ? Tout est si bon, quand on commence, regardant droit devant soi, toute la vie ! et l'on se fripe si rapidement. On ne fait plus guère que recommencer, en se montant le coup de son mieux, l'imprévu et la nouveauté n'y étant plus. Depuis le départ de Courbevoie, Ambert ne vivait plus guère chez sa mère. À peine y venait-il coucher de temps en temps, ou la voir dans la journée, pour lui donner de ses nouvelles. Au moment même du déménagement, un jour, sur le boulevard, soit hasard soit qu'il se fût occupé de le retrouver, il avait rencontré son père. Le fils du chanteur d'opéra, le frère des deux chanteuses d'opéra-comique, l'ancien candidat lui-même à la carrière lyrique, après s'être occupé quelque temps de la fabrication des savons, était devenu tout bonnement retoucheur en photographie, et menait ses jours à Levallois, avec une maîtresse dont il avait un fils. La rencontre des deux artistes avait été très cordiale. Comme les sentiments de famille se conservent, à distance ! Le lendemain de cette rencontre, on aurait dit que le fils et le père ne s'étaient jamais quittés. Ambert, emmené à Levallois, avait fait connaissance avec la nouvelle famille de son père, et la table était si bonne et la dame si charmante qu'une chambre lui ayant été offerte il s'était laissé faire et vivait là maintenant tout à fait, en vrai fils de la maison. À quelque chose bonheur est bon, d'ailleurs. Il arriva que moi-même, un dimanche, ayant quitté Jeanne et sa mère un peu tard, j'arrivai à la gare Saint-Lazare trop tard pour le dernier train, et me trouvai obligé de revenir faubourg Saint-Jacques. Le lit de son fils étant libre, Mme Ambert fut bien obligée de me l'offrir, et pour la première fois je couchai chez elle. Un si beau premier pas fait, le reste ne tarda pas. Désormais, au lieu de venir seulement le dimanche matin, je me mis à venir dès le samedi soir, tout de suite après mon bureau, pour ne m'en retourner que le lundi matin. De cette façon, j'étais là plus tôt et plus à mon aise, le dimanche matin, pour profiter avec Jeanne du temps des commissions. Avions-nous même encore besoin de ce temps-là, tous les deux ? J'avais déjà dû passer du lit d'Ambert dans celui de Jeanne et nous ne devions plus beaucoup nous gêner. Enfin, ma future belle-mère laissant toujours à désirer, je n'hésitai pas à prendre un parti héroïque, celui de venir m'installer définitivement faubourg Saint-Jacques, avec ma belle amie et sa mère. Cela ne fit d'ailleurs aucun bruit à Courbevoie. Mon père avait fini par s'en moquer, et, quant à ma future belle-mère, elle était bien trop contente d'en être arrivée à ses fins. On me laissa même emporter une petite table à ouvrage qui venait de ma mère, ainsi qu'un petit cartel Louis XVI, que je transportai l'un et l'autre un soir, à pied, la sonnerie du cartel ne cessant de fonctionner tout le long du chemin. Ainsi, à peine deux mois s'étaient écoulés depuis le départ de chez l'oncle que tout était arrangé pour le mieux. Si Mme Ambert avait un peu perdu son fils, elle en avait retrouvé un avec moi, en même temps que Jeanne et moi nous avions enfin l'amour complet. Aucun effort, tout cela s'était fait le plus naturellement du monde, et nous avions même renoncé, fût-ce pour nous-mêmes, à sauver les apparences, qui sont trompeuses, d'ailleurs. J'étais en ménage, ni plus ni moins, plutôt plus. Jeanne et moi, nous n'avions qu'un lit, Mme Ambert tenait la maison, et quand, par hasard, Ambert venait coucher, on en était quittes pour lui dresser son lit à côté des nôtres. Un bon panorama de tous ces beaux jours sera certainement très apprécié. J'allais chaque matin à *La République française* et en revenais chaque soir. Les rues Saint-Jacques, Gay-Lussac, Monsieur-le-Prince, de l'Ancienne-Comédie et Mazarine, le Pont des Arts, l'avenue de l'Opéra et la Chaussée-d'Antin jusqu'au numéro 42, que de fois je l'ai fait ce trajet ! Je vois encore la tête des gens que j'avais pris l'habitude de rencontrer, à telle heure, à tel endroit, sans jamais manquer. J'en rencontre quelques-uns, de temps en temps, et si changés, si vieillis, même beaucoup plus que moi, il me semble. C'est ainsi qu'il y avait à cette époque, rue Monsieur-le-Prince, au numéro 57, une brasserie de femmes à l'enseigne du *Boléro*, dont une pensionnaire, une fort belle fille que je voyais sur le seuil de l'établissement chaque fois que je passais, m'intéressait beaucoup. Je trouvais qu'elle ressemblait un peu à l'une des tantes de Jeanne, la chanteuse célèbre. Un peu plus de poitrine, peut-être ? Le *Boléro* a disparu, et cette femme, pas mal défraîchie depuis, est maintenant dans une autre brasserie, rue de Vaugirard, tout près de la rue Corneille. Du moins, je l'y ai encore aperçue en passant, il y a quelque temps. À six heures, je rentrais. Il n'y avait pas l'eau dans la maison, et j'allais aussitôt en chercher deux immenses seaux à une petite fontaine qui existe encore, boulevard de Port-Royal, en face le numéro 113. Elle était cependant un peu moins loin du coin du faubourg, il me semble, et on a dû la déplacer lors de la construction des nouvelles maisons. Cette corvée ne me déplaisait pas du tout, souvent même je faisais plusieurs voyages. On se porte si bien, quand on aime. Après le dîner, c'était réglé, on allait faire un tour, comme tout le monde. Nous allions au Luxembourg. Mme Ambert s'installait sur un banc, à papoter tout à son aise avec des connaissances qu'elle s'était faites, de ces vieux types, hommes et femmes, dont chaque quartier a sa collection, pendant que Jeanne et moi nous baladions nos tendresses un peu à l'écart. Ou bien nous allions tout bonnement nous asseoir place de l'Observatoire, qui avait encore à cette époque son joli caractère, sans la gare ni le *Garnier* d'aujourd'hui, avec le vieux café de la Closerie des Lilas, pas clinquant et laid comme maintenant, et la statue du maréchal Ney de l'autre côté, sous les arbres, devant Bullier moins rutilant aussi. C'était encore la place de l'Observatoire telle qu'elle est décrite dans un dizain de M. Coppée. Tout ce quartier a du reste bien changé depuis cette époque. La rue Saint-Jacques, non encore élargie, sans les bâtiments usiniers de la Nouvelle Sorbonne, était encore dans tout son parcours une vieille rue pittoresque. Le boulevard Saint-Michel lui-même, l'endroit le moins parisien de Paris, avait encore un petit air qu'il a tout à fait perdu, grâce aux tavernes et aux magasins soi-disant dernière mode qu'on y voit maintenant. On n'y était pas non plus assourdi comme aujourd'hui par les hideux tramways à traction mécanique et le bruit souterrain du chemin de fer de Sceaux. À la place de la Taverne du Panthéon, il y avait un grand magasin de nouveautés, *Aux Galeries du Panthéon*, qui certes n'était pas plus laid. Là, surtout, quel changement ! On n'y voit plus guère de nouveautés. Ce sont, au contraire, toujours les mêmes femmes. Il me semble aussi que le Luxembourg était alors moins plein de toute cette racaille de rapins prétentieux, avec leurs femmes si laides, qui font que j'ai fini par ne plus y mettre les pieds. Enfin, tout le quartier, y compris le Luxembourg, n'était pas encombré comme aujourd'hui par les maçonneries de tous genres que l'on connaît, depuis le *Penseur* à l'air affamé et les pharmaciens *Pelletier et Caventou*, jusqu'aux *Le Play* et *Leconte de Lisle*, en passant par les *Chopin*, les *Sainte-Beuve, Augier* et autres *Comte.* Oui, tout cela a bien changé. Moi aussi, d'ailleurs. Je n'ai qu'à me rappeler, pour m'en rendre compte, mes dimanches de cette époque. Quelles parties de plaisir, ces dimanches ! Je ne serais plus de force aujourd'hui, certainement. On n'est pas toujours jeune. Un jour vient où il faut se ranger. Mais quand je songe que je me suis amusé ainsi, je n'en suis pas peu fier. Ces jours-là, on laissait Mme Ambert à la maison, ce qui était déjà un grand agrément. Nous allions alors, Jeanne et moi, faire plusieurs fois le tour, dans le Luxembourg, du kiosque à musique, manège dont il paraît qu'il y a des gens qui ne se lassent pas, car j'en aperçois encore quelquefois, à travers les grilles, qui datent de cette époque et qui tournent toujours. Je me revois assez bien, tout rasé, habillé de noir avec excès, et Jeanne habillée au contraire de robes claires, avec d'éblouissants chapeaux. Ou bien nous allions faire une pose d'une heure aux *Concerts-Rouge*, installés alors au coin de la rue Gay-Lussac et du boulevard Saint-Michel, là même où se trouve aujourd'hui la nouvelle gare de Sceaux, qui a au moins ce mérite de faire moins de bruit. Je me rappelle avoir vu là un jeune violoniste, dix-sept ans au plus, avec un visage délicieux, que je ne me lassais pas de regarder. Ensuite, dîner, et l'on repartait. J'étais resté ni bien ni mal avec mon père, chaque dimanche j'avais son billet, et nous allions à la Comédie, ayant chaque fois les deux mêmes fauteuils de balcon, les premiers près de la scène, au deuxième rang, à droite en regardant la scène. Ai-je assez formé mon esprit, là, presque chaque dimanche, pendant près de deux ans, à écouter tant de superbes âneries, débitées d'un air et d'un ton si faux et si bêtes, par les grands artistes que l'on connaît. Il en a été de tous ces spectacles, heureusement, comme de tous ces grands livres que j'ai lus pendant si longtemps : ils n'ont servi qu'à renforcer petit à petit mon goût exclusif et passionné pour moi-même. Une

fois, Jeanne désira aller regarder ces messieurs et dames sociétaires de près, dans le trou du souffleur, et mon père, ayant accepté, se montra si aimable avec elle, pendant que j'étais dans la salle, que je m'en inquiétai, un moment. Pourquoi ne pas donner aussi, pour atténuer ces excès, un petit souvenir attendri à nos élans du cœur dans cette unique chambre si peu confortable, notre lit touchant celui de Mme Ambert qui entendait ? qui n'entendait pas ? en tout cas qui n'en avait jamais l'air et n'y faisait jamais aucune allusion. C'est ainsi que, malgré mes dix-huit ans, je rêvais déjà de faire l'amour un peu différemment. Rien de choquant aucune perversité (. . . .
. . . .).
Combien d'autres détails, d'autres souvenirs ! et de tous genres, sur cette première grande passion. L'étonnante ressemblance de Jeanne avec les femmes des affiches de Chéret, dont c'était alors la grande vogue. Les soirs où j'essayais de travailler, étalant tout mon papier devant moi, sans y réussir, attendant sans doute l'inspiration, à laquelle je devais croire, alors. Je ne perdais pas non plus la tête, malgré mon amour. Un dimanche, Jeanne fut assez malade, et obligée de garder le lit. Ses gémissements m'assommaient, et

je ne trouvai rien de mieux que d'aller me promener, pour ne rentrer que le soir. Je me rappelle aussi les romances qu'elle chantait, sans jamais en savoir une seule complètement. L'une, dont je sais encore l'air, commençait ainsi :

Je ne songeais pas à Rose,
Rose au bois vint avec moi,
Nous parlions de quelque chose,
Mais je ne sais plus de quoi...

et dans une autre, une romance à grand air, et beaucoup plus à effet, il y avait quelque chose comme ceci : *Si tu m'aimais, si l'ombre de ma vie...* J'entends même encore sa manière de les chanter, surtout la première, les syllabes très nettes, très détachées, et sa voix, une voix un peu grave, un peu brisée, de ces voix qui m'ont toujours ému, mais oui. Je la revois aussi s'amuser, comme elle faisait souvent, à des séries de grand écart assez remarquables, comme un vrai gavroche. Et les paillassons, les boîtes à lait qu'elle changeait d'étage dans les maisons où nous allions, et les pommes qu'elle chipait aux étalages ! J'ai fait allusion à cela dans *Le Petit Ami*, dans une page que j'écrivis sur elle à l'époque de mes grands désespoirs. Entre-temps, elle avait refait, comme son frère, connaissance avec son père, avait été plusieurs fois à Levallois, et j'avais fini par y aller aussi. Ambert avait commencé ses hautes destinées. Il avait quitté l'École des Arts Décoratifs et travaillait maintenant avec son père, dans la même maison, boulevard des Capucines, comme retoucheur photographe. Par la même occasion, l'idée de faire du théâtre lui était venue, et il se préparait sérieusement pour l'examen du Conservatoire, traînant toujours dans ses poches des brochures de chefs-d'œuvre, dont il apprenait uniquement telle scène de tel rôle, sans s'occuper du reste, absolument comme on fait faubourg Poissonnière, ce qui est un excellent moyen pour bien donner tout le caractère de son personnage. Ses succès de femmes n'avaient pas non plus été négligés, et il n'y avait pas un an qu'il fréquentait à Levallois qu'il était déjà devenu l'amant de la maîtresse de son père. Ce délicat roman avait d'ailleurs commencé de façon bien touchante. Tombé soudain assez gravement malade de la fièvre typhoïde, Ambert était resté plusieurs mois alité à Levallois, soigné là avec une grande amitié par la maîtresse de son père, nommée Laure, la seule personne de tout ce monde que je voie encore de temps en temps. Laure avait alors entre trente à trente-cinq, et était encore assez jolie. De son côté, Ambert était si séduisant, si bien ce que les femmes appellent un beau garçon ! Aucune distinction, mais, ce qui vaut mieux, un solide aspect physique, et une admirable manière de leur couler des yeux tendres, pour les inviter à une bonne séance de lit. La situation avait fait le reste, et à force d'être là, seuls ensemble, des journées entières, pendant plusieurs mois, avec l'intimité de la maladie, ils avaient fini par se tomber mutuellement dans les jambes. Les premiers temps de la convalescence d'Ambert avaient même été tout un poème de tendresses. Aussitôt son père parti le matin, il allait prendre place dans son lit, et parachevait là la nouvelle conquête que ses belles paroles, ses regards langoureux et son air intéressant lui avaient value. Depuis, la liaison continuait, sans que le père se doutât toujours de rien, non plus que de mes propres amours avec sa fille, que Laure était seule à connaître, par les confidences qu'Ambert lui avait faites. D'accord avec leur père, Jeanne et Ambert appelaient Laure « ma tante ». Cela simplifiait tout et évitait toute gêne. Aussi, ce qu'on avait du plaisir ! Jeanne avait trouvé une petite occupation dans une maison de broderie russe, boulevard Haussmann. Souvent je la retrouvais à Saint-Augustin, après mon bureau, et nous allions dîner à Levallois avec Ambert, son père, Laure et le jeune fils de Laure, âgé de sept ans, le demi-frère d'Ambert et de Jeanne, et quelquefois Ambert revenait avec nous, histoire de dire bonjour à son admirable mère. Quels bons retours pleins de gaieté, tous les trois, sur l'impériale de l'omnibus Panthéon-Place Courcelles ! Les soirées que nous passions tous ensemble à Levallois ne valaient pas moins. À la fin du dîner, Ambert et son père parlaient d'art, en gens compétents. M. Ambert évoquait sa jeunesse, ses anciens rêves de gloire, quand il rêvait de marcher sur les traces de son père le chanteur d'opéra, et de rivaliser avec ses deux sœurs chanteuses d'opéra-comique, et finalement, se levant à la prière de son fils, entonnait je ne sais quel air ronflant : *Plus blanche que la blanche hermine*... qui avait été son grand morceau autrefois. Le talent l'étouffait, cet homme, et il était ensuite obligé d'aller prendre l'air un peu sur le balcon, pour se remettre. Quelles séries de baisers, alors, rapidement, entre Ambert et Laure ! Ambert n'était pas très rassuré sur mon opinion, dans les premiers temps, et il éprouva un soir le besoin de me tâter, en m'expliquant la situation. Son père était un artiste, sa mère n'avait pas su se montrer à la hauteur, et alors adieu le ménage. N'était-ce pas d'un bon fils ? Je ne voulus pas être en reste et je lui répondis tout de suite que j'étais bien de son avis, et que je comprenais plutôt deux fois qu'une qu'on eût lâché sa mère. La jeunesse a de ces appréciations, quelquefois. Mais mon souvenir le plus personnel, c'est un jour que j'allai déjeuner à Levallois avec Jeanne, dans la semaine. Ambert et son père étaient à Paris à leur travail. Nous étions seuls avec Laure et son fils. Après le déjeuner, l'enfant s'en allant en classe, Laure nous laissa seuls un instant dans la salle à manger, pour aller avec lui dans une autre pièce le préparer. Jeanne, jetant sa serviette, voulut absolument faire l'amour là, sans plus de préparatifs, et s'étendant aussitôt sur le parquet, les jupes troussées, je l'aimai là en deux minutes... Pauvre belle chérie, qui est aujourd'hui une énorme bourgeoise, une femme mariée et une mère de famille à principes. Lira-t-elle jamais tout ce que j'écris ici de cette brillante époque et même si elle le lit saura-t-elle s'y attendrir ? Ah ! c'est aussi toute sa jeunesse, pourtant !

Mon premier amour tiendra décidément dans ce livre une aussi grande place que dans mon cœur. Avant de poursuivre, il me faut dire quelques mots de deux amis qui m'occupèrent alors beaucoup. On peut même venir, à ce sujet, me vanter les bienfaits de l'amitié. Depuis un moment, je cherche comment m'y prendre pour parler d'eux, et je ne trouve rien, et certainement tout ce passage ne vaudra pas cher. Comme je n'aime pas à dormir sur mon papier, je me risque au petit bonheur. De ces deux amis, un seul me reste aujourd'hui, mon ami Van Bever, dont j'ai parlé précédemment, et il est si bien habitué à ne trouver de talent à personne que je ne l'étonnerai pas. Comme je voudrais avoir le temps d'écrire tout un chapitre sur cette amitié que nous menons tous les deux depuis bientôt vingt-quatre ans. J'ai connu Van Bever à Courbevoie, vers 1883, tous les deux du même âge, et après l'avoir un peu perdu de vue je l'avais retrouvé prenant le train comme moi chaque matin pour aller à Paris, dans les derniers temps que j'habitais chez mon père et que je voyageais avec Ambert. À cette époque, Van Bever était déjà un écrivain, et je me le dis quelquefois, écrire pour écrire, j'aurais dû me décider alors, et profiter de son exemple, au lieu d'attendre si tard. De cette façon je serais peut-être à présent aussi connu que lui, ce dont je suis plutôt loin. Il est vrai que cela ne l'aurait pas empêché d'être encore mon aîné dans la carrière des lettres. Rien n'est d'ailleurs plus difficile que de n'avoir pas d'aîné en littérature. Ce n'est pas quand on écrit qu'on peut chanter, comme dans *la Marseillaise* : « Nous entrerons dans la carrière quand nos aînés n'y seront plus. » Les aînés y sont toujours, au contraire, et même les aïeux, témoin M. Catulle Mendès. Quant à Van Bever, je connais peu d'exemples d'une telle précocité littéraire. À l'âge de onze ans, il était déjà tout ce qu'il est aujourd'hui. Nous allions à la même école, nous suivant d'une classe, lui devant, et déjà il écrivait, et parlait déjà littérature, tout aussi bien qu'aujourd'hui. Il n'y avait de différence que dans sa production. Ce qui l'occupait alors c'était le théâtre, et de grands drames sombres, qu'il écrivait après les heures de classe, en cachette de sa famille. Quelle force cela vous donne d'avoir trouvé sa voie si jeune ! Van Bever a pu changer de genre, pour se livrer à des travaux plus paisibles. L'avance qu'il avait déjà sur moi quand nous étions des écoliers lui est restée, et j'ai encore à peine écrit deux livres, que la liste de ses *ouvrages du même auteur* forme presque toute une brochure. Quand je le retrouvai comme je viens de dire, et qu'il fit en même temps connaissance avec Ambert, Van Bever brillait provisoirement dans le journalisme, rédacteur dans un petit journal de Courbevoie, où il éreintait de son mieux le maire de l'endroit, un bon pharmacien nommé Rolland, qui ne tarda pas du reste à en décéder. Il avait fait là connaissance d'un jeune Lyonnais, nommé Pierre Gaillard, un garçon de notre âge, qui vivait depuis peu à Courbevoie, chez une vieille parente. Pierre Gaillard, qui est mort il y a trois ou quatre ans, après avoir versé dans ce qu'il y a de plus inimitable en littérature, le genre Maizeroy ou Esparbès, était aussi un jeune écrivain qui avait déjà à son actif une adaptation en vers du *Faust* de Gœthe et un bon stock de poésies. Un polémiste de la taille de Van Bever avait tout de suite eu à ses yeux un certain prestige. Lui-même, pour avoir mis *Faust* en vers, avait semblé à Van Bever un ami à sa mesure, et ils étaient devenus bientôt des amis inséparables, passant leur temps à discuter littérature, comme si cela pouvait servir à quelque chose. Ces messieurs présentés, on va assister maintenant à la dégringolade de tout ce cher bonheur que j'ai décrit plus haut. « On a bien de la peine à rompre quand on ne s'aime plus », a dit La Rochefoucauld. Jeanne et moi nous nous adorions encore, et cela alla vite, tout le long d'une bonne année. J'y mis le plus possible du mien, il est vrai, les circonstances s'en mêlèrent, et Van Bever et Gaillard m'y aidèrent aussi de leur mieux, sans d'ailleurs s'en douter le moins du monde, ni l'un ni l'autre n'ayant reçu mes confidences. Éprouvant soudain un immense besoin de liberté, je commençai par donner ma démission à *La République française*, ce qui était déjà une bonne idée, attendu que c'était là toute ma fortune. Cela se passait, je pense, vers juin ou juillet 1890. Me voyant devenu libre, Van Bever résolut aussitôt de me faire connaître Gaillard, qui lui semblait de plus en plus un garçon extraordinaire, appelé au plus grand avenir. C'est d'ailleurs inimaginable ce que Van Bever, pendant une dizaine d'années, m'a fait connaître d'individus sous ce prétexte qu'ils étaient appelés au plus grand avenir dans les différentes branches de l'art, et qui sont devenus depuis de bons commerçants ou des employés en province. Il arrivait un jour, tout bouillant, me parlait d'un tel, un garçon remarquable, qu'il fallait absolument que je connusse. Je me laissais faire, soit qu'il m'amenât son protégé ou que j'allasse à lui, et huit jours après je voyais Van Bever revenir, et me déclarer avec autant de feu que le même un tel était décidément un crétin accompli, bon tout au plus à pourrir dans un sous-sol. La connaissance avec Gaillard fut donc résolue, et Ambert invité également nous nous rendîmes tous les deux à Courbevoie. Ce fut vraiment une belle journée, dans ce petit salon de la rue Carle-Hébert, où les poules de la maison se promenaient et cocottaient comme chez elles. Sous la présidence de sa vieille parente, et devant nous trois qui l'écoutions avec des airs connaisseurs, Ambert pour la déclamation, Van Bever pour le côté scénique, et moi pour la finesse des sentiments, Gaillard lut son *Faust*, cinq actes, et le dernier vers arrivé, ce fut pendant une heure tout un concert d'admiration et de félicitations. Ambert surtout ne s'arrêtait plus, se voyant déjà dans le rôle de Faust, nous assurant à tous qu'il y ferait sensation, se plaignant seulement que la pièce manquât de femmes. Un dîner monstre suivit, dans les appartements privés de Van Bever, du côté du quai, et ce ne fut guère qu'au matin qu'on se sépara. Comment de si hauts plaisirs ne seraient-ils pas répétés ? Jeanne était toujours dans sa maison de broderie russe, partant le matin et rentrant le soir, ayant seule maintenant le souci de la maison. Pendant ce temps-là, je flânais, ou j'allais faire le dilettante auprès de mes amis, tout comme un rentier. Heureux amis, à qui j'ai tant donné de ma vie, à cette époque, au détriment de mon parfait amour, qui filait petit à petit sans m'avertir. En ai-je entendu, à Courbevoie, de ces discussions littéraires, entre Gaillard et Van Bever. J'allais aussi à Levallois, écouter du matin au soir Ambert déclamer énormément, en vue de l'examen du Conservatoire qui approchait, ce qui ne l'empêchait pas de répéter sans cesse qu'avec la voix qu'il avait il pourrait tout aussi bien affronter l'examen de chant. Tout le monde travaillait, et j'étais le seul à ne pas avoir de but. Le théâtre et la littérature m'intéressaient également, mais je n'allais pas plus loin que cet intérêt, incapable du moindre effort, préférant dormir, entre-temps, le plus que je pouvais. J'étais si dormeur, alors ! Le lit m'était égal et j'aurais facilement dormi huit jours de suite, et c'était le plus bel emploi de mon temps quand je n'allais pas voir mes amis, à moins que je ne partisse en voyage dans Paris, toujours fou que j'ai été de ces promenades. Je crois bien cependant que j'eus un moment la velléité de me présenter au Conservatoire, tout comme Ambert. L'entraînement du talent, probablement. C'est si communicatif, quand on est jeune, d'entendre quelqu'un vociférer, en gesticulant, à l'instar de nos meilleurs sociétaires. Chaque semaine aussi Van Bever venait me voir, à un rendez-vous toujours le même, au coin du boulevard Saint-Michel et de la rue Soufflot, et nous faisions un grand tour littéraire. Ses travaux prenaient de plus en plus d'extension, drames, vaudevilles, comédies, nouvelles, conférences et articles de journaux, auxquels il ne manquait plus que d'être imprimés. Toujours l'avance que j'ai dite et les heures employées sans arrêt pour la gloire.

Puis, à la fin de l'année, changement considérable. Je ne sais à quoi cela tenait, mais depuis que je vivais davantage avec elle, Mme Ambert était devenue encore plus admirable qu'auparavant, et comme la franchise est le privilège de la jeunesse et que je commençais à avoir assez de tout ce monde sur mon dos, je ne cachais guère à la grosse dame tout ce que je pensais de son manque exceptionnel de génie. C'étaient alors de tels gémissements, qui, loin de m'attendrir, ne me faisaient que la railler encore davantage, que je me décidai, malgré les prières et les larmes de Jeanne, à aller habiter à part, seul, et vraiment chez moi. D'ailleurs, Mme Ambert elle-même voulait déménager. Tout le monde changerait en même temps. En compagnie de Jeanne, je me cherchai donc une chambre, et mon choix fut vite arrêté sur une grande chambre au sixième étage, 14, rue Monsieur-le-Prince, tandis que Mme Ambert arrêtait pour elles un logement rue Saint-Jacques, presque au coin de la rue Gay-Lussac, à côté d'une sorte de couvent qui existe encore. Tout cela se passait en janvier 1891. La rue Monsieur-le-Prince avait encore alors, à son débouché boulevard Saint-Michel, à la place des rampes de fer qu'on y voit maintenant, les vieilles rampes de bois telles qu'on les retrouve dans une illustration des *Rois en exil*. J'avais trouvé un petit emploi, au journal *Le Siècle*, rue Chauchat, avec la faculté d'y aller quand je voulais, et je commençai une nouvelle existence, que je dirai très rapidement, sautant à regret bien des détails. Par exemple, l'inauguration de mon nouveau lit, sitôt parti le commissionnaire qui l'avait apporté, Jeanne ayant voulu absolument procéder sur-le-

champ à ce plaisir. Ou sa façon de me mettre en train, ce soir où, couchée et nue (. . . . .
. . . .).
Je perds le calme nécessaire aux grandes œuvres, quand je me rappelle ces choses. C'est dans cette chambre que je fis mon entrée dans la littérature, à raison d'au moins cent vers par jour, que j'écrivais plein d'une inspiration sans bornes, plutôt, et qui furent déchirés en bloc quand je quittai la rue Monsieur-le-Prince. En dépit de son talent, Ambert avait échoué au Conservatoire, et s'était remis à travailler comme retoucheur photographe dans une autre maison, du côté de la rue Cadet. Levallois n'existait plus. M. Ambert avait-il fini par s'apercevoir que Laure le trompait avec son fils, ou, très homme à femmes, lui aussi, s'était-il pris de passion pour une autre maîtresse, par exemple celle avec laquelle il vit aujourd'hui, l'un et l'autre, peut-être ? Mais un beau soir, il n'était pas rentré, laissant en plan une nouvelle fois une femme et un enfant, sans qu'on pût le retrouver ni savoir ce qu'il était devenu. Heureusement pour Laure, Ambert était un galant jeune homme, qui savait aussi joindre l'utile à l'agréable. Il chapitra sa mère, qui ne comprit probablement rien du tout. Laure

s'amena, les deux femmes s'embrassèrent dans leur commune infortune, et un mois après Laure venait avec son fils habiter aussi rue Saint-Jacques, quelques maisons plus bas que Mme Ambert. Pendant la journée tout le monde vivait en famille, l'ex-épouse, l'ex-maîtresse et le fils amant, et le soir Ambert et Laure rentraient chez eux, comme un Roméo et une Juliette. De notre côté, Jeanne et moi nous menions notre petit train, un petit train pas cher. Nous passions les soirées ensemble, et chaque samedi soir elle venait nous fatiguer un peu, pour rester ensemble jusqu'au lendemain soir. Je faisais de mon mieux pour varier le programme, d'ailleurs. Souvent, le dimanche matin, je recevais un télégramme de Gaillard, me disant qu'il m'attendait à Courbevoie avec Van Bever, et aussitôt je la plantais là, sans souci de ses plaintes, obligée de retourner chez sa mère, au lieu d'une bonne journée de tendresses. Les monologues qu'elle dut avoir pendant ce temps-là, si bien aidée en cachette par Laure et Ambert, qui ne se privaient pas de la décourager de sa liaison, alors que, jolie comme elle l'était, il lui serait si facile de se débrouiller. Ah ! sûrement, je dus commencer à être en baisse, et ce n'était pas par moins d'amour, malgré tout, mais simplement parce que le temps passait, et que la vie était là — qu'elle voulait vivre. Alors, ces hautes questions m'échappaient. Le contraire eût-il été, du reste, que cela n'eût probablement rien changé. Mon caractère, en un rien de temps, avait changé du tout au tout. Je ne pensais plus qu'à écrire, à vivre et à rêver seul. L'amour ne venait plus qu'après. J'allai même jusqu'à sacrifier à l'amitié le reliquat de notre intimité, en ne m'occupant que de mon plaisir. C'est en effet à cette époque que Van Bever vint loger quelque temps avec moi, environ de mai à juillet. Jeanne n'eut plus guère que les samedis, où j'envoyais Van Bever coucher ailleurs, faisant le ménage à neuf pour nos amours, plus un dimanche de temps en temps, quand mes futurs grands hommes ne me réclamaient pas à Courbevoie. Là encore, tout ce qu'elle dut penser ! Comme je ne l'ai jamais su au juste, j'aime autant donner quelques courts détails sur mon existence avec Van Bever pendant ces deux mois. Le reste sera pour plus tard, quand j'écrirai moi-même une étude littéraire sur moi, ce qui est encore le meilleur moyen d'avoir des choses justes. Van Bever se rappelle très bien son arrivée rue Monsieur-le-Prince, un soir, vers six heures. Je n'étais pas chez moi, et il dut venir me trouver chez un petit fruitier, au numéro 26 de la même rue, où je prenais quelquefois mes repas. Le fruitier était en train de me demander, paraît-il, ce que c'était qu'une *chose béante ?* Van Bever, qui avait déjà une grande connaissance de la langue française, se mêla aussitôt à la conversation. « Une chose béante ?..., dit-il, c'est une chose profonde. » Mais le fruitier n'était pas convaincu, ne se doutant pas de la forte partie à qui il avait affaire. « Tenez, lui dit-il, regardons dans le *Larousse !* » Et la discussion continua entre eux, pendant que je finissais de dîner. On ne peut avoir une idée des livres et des papiers qui accompagnaient Van Bever, œuvres complètes de Voltaire, de Rollin, de Villemain, de Millevoye, de La Harpe, etc., avec les manuscrits de ses œuvres à lui-même, complètes aussi. J'avais déjà horreur des quantités de livres et des paperasses, et sitôt chez moi, il eut beau crier, mon premier soin fut de jeter tout cela méthodiquement par la fenêtre. Au matin, toutes ces littératures couvraient la chaussée, ce qui m'attira quelques discours de ma concierge. Puis les deux mois s'écoulèrent, à pas grand'chose d'étonnant. Chaque jour, vers une heure nous descendions, et nous dirigions gravement vers un petit restaurant de la rue de l'Ancienne-Comédie, où nous consommions force chocolats, jusqu'à sept ou huit, quelquefois. L'heure du déjeuner était passée, et tout le personnel de l'établissement était à nous. Nous essayâmes un jour d'obtenir là un crédit qui nous fut refusé avec beaucoup d'empressement. Van Bever m'entraînant ensuite sur les quais, pour fouiller pendant des heures dans les boîtes des bouquinistes, pendant que je l'attendais, n'ayant jamais eu ce goût ni cette patience, et nous remontions chargés de livres, qu'il fallait échanger ou revendre après les avoir parcourus. Nous allions aussi passer de grandes heures sous les galeries de l'Odéon, pour nous mettre au courant. Je viens de m'arrêter ici un bon quart d'heure à réfléchir. Après tout, pourquoi ne pas le dire, en dépit des « honnêtes gens ». Une grande frénésie de lecture m'était venue, une immense curiosité, désir de tout savoir et de tout connaître, on a fait là-dessus des phrases admirables. Seulement, l'argent ne m'embarrassait pas, et je n'ai jamais pu non plus supporter le compagnonnage des bibliothèques. Alors quand j'avais par trop besoin d'un livre, je le chipais, voilà tout. Cela m'arriva deux ou trois fois. C'est ainsi qu'un jour, ayant feuilleté *La Vie de Jésus*, dans l'exemplaire à soixante centimes, je ne pus me retenir et quittai les galeries avec le volume dans ma poche, pour le lire chez moi tout à mon aise, au grand scandale de Van Bever, qui n'aimait pas d'ailleurs cette littérature, me dit-il. Le soir, chez moi, nous passions notre temps à prendre du café tasse sur tasse, Van Bever fumant dans une énorme pipe dont le fourneau représentait la tête de Voltaire, et à minuit nous étions si bien remontés que nous sortions faire je ne sais combien de fois le tour du Luxembourg avant de nous coucher. Quand j'avais un peu d'argent, j'offrais une gracieuseté à Van Bever, toujours la même. Je l'emmenais chez un coiffeur, et là, malgré ses réclamations, le faisant saisir par le garçon, j'ordonnais qu'on lui coupât les cheveux, beaucoup. Je me suis ruiné ainsi bien souvent. La coupe était toujours insuffisante. Pour obtenir un résultat, il aurait fallu faire le même jour tous les coiffeurs du quartier. C'était d'ailleurs entre nous à qui rivaliserait d'élégance. Van Bever avait à cette époque un pantalon à carreaux noirs et blancs, dont il rafraîchissait le dessin chaque matin, à l'aide d'un pinceau et de deux petits pains de couleur, ce qui avait fini par donner à ce vêtement une raideur assez britannique. Quant à moi, si difficile sur la chaussure, je crois bien que je n'ai jamais été mieux chaussé qu'alors, avec une admirable paire de souliers Molière à boucles d'argent, qui avaient servi à mon père quand il jouait le répertoire et que j'avais emportés de la maison un jour de générosité.

Dans un logement au-dessous de ma chambre, habitait une sorte de vieux rentier, nommé Guérin, avec qui nous étions très bien. Il avait eu envie d'un vieux fusil que j'avais chez moi, je le lui avais donné, et de temps en temps il nous invitait à déjeuner. Quand il était trop longtemps à oublier ce devoir, Van Bever le lui rappelait par la fenêtre, en criant comme un sourd. Nous le trouvions toujours chez lui en compagnie d'un petit bonhomme à allures plus qu'efféminées qu'il appelait son neveu, mais qui était bien plutôt une espèce de « tante » dont il devait faire ses délices dans l'intimité. Je rencontre encore assez souvent ce phénomène, dans les environs de la gare Montparnasse, marchant toujours du même petit pas serré, en jouant du derrière comme une jeune cocotte. Une chambre à côté de la mienne était occupée par une jeune femme de chambre, assez jolie créature, à laquelle Van Bever faisait la cour. Un soir que nous rentrions, il crut reconnaître, dans une femme qui montait l'escalier devant nous, le tendre objet de sa flamme. Il se précipita, la prit par la taille, il allait l'embrasser, quand la femme, se retournant soudain, offrit à son baiser le visage de la concierge en personne, suffoquée d'étonnement. À partir de ce jour-là, Van Bever passa dans la maison pour un coureur de femmes, le concierge ne cessant de le regarder avec de gros yeux de jaloux, pendant que notre voisine, désenchantée, ne voulait plus rien savoir de ses déclarations.

Je me rappelle aussi combien Van Bever avait en pitié les vers que je produisais avec tant d'ardeur. Il y avait jeté de petits coups d'œil, et, déjà doué d'un grand sens critique, il ne me cacha pas, un jour, que je n'étais pas du tout né pour faire de la littérature, et que je ferais mieux d'y renoncer. Les conseilleurs ne sont pas les payeurs, comme dit le proverbe. Jeanne avait fait connaissance avec lui, petit à petit, et quand nous allions chaque mardi, jour chic, au théâtre Montparnasse, où j'avais obtenu mes entrées par le directeur, M. Hartmann, un vieil ami de mon père, il venait avec nous. Nous nous entendîmes même là, un soir, avec M. Paul Albert, l'associé de M. Hartmann, pour lui apporter un vaudeville que nous devions écrire tous les deux, grand projet qui n'eut pas de suite. Comme Van Bever va être heureux de revivre tout cela par la lecture. J'en parlerais bien avec lui, quelquefois, mais il se met alors dans de tels attendrissements que la conversation est impossible.

Je dis deux mots, en passant, d'un ratage volontaire que j'eus à cette époque, une histoire d'un soir avec la sœur de Gaillard, une jeune femme d'une trentaine d'années, brune à l'excès, récemment débarquée de sa province, et sur laquelle j'avais fait un certain effet, il faut le croire. Ne s'était-elle pas amusée à me mettre au défi de passer une nuit à côté d'une femme sans la toucher, s'offrant généreusement elle-même pour cette expérience? C'était bien mal me connaître, que je fusse nigaud, ou plein d'insolence. L'expérience eut lieu, dans ce même hôtel de Lisbonne, dont j'ai parlé, et elle put me quitter le lendemain sans que je l'eusse même embrassée. Mais soyez donc délicat avec les femmes! Je l'aurais prise, qu'elle eût fait l'outragée, cette demoiselle, et pour avoir simplement tenu ma parole, je fus traité par elle ensuite de tous les noms.

À la fin de juin, Van Bever me quitta, et Jeanne et moi nous retrouvâmes quelques jours d'intimité, les bons derniers. La fin du roman approchait, en effet. Encore un an à nous aimer, en cachette et par rendez-vous, et ce serait le grand lâchage. Je continuais à être si peu riche, mon emploi du *Siècle* vite perdu à force de ne pas y aller. C'était bien forcé qu'on liquide, à la fin. Mon père, lui, me poussait à m'engager, m'assurant que je me trompais quant à ma myopie comme moyen de réforme, et me faisant mille promesses sur les soins qu'il aurait pour moi. Jeanne, que je consultais, ne disait ni oui ni non, si ce n'était qu'après tout nous ne serions pas plus séparés, et mal soutenu par elle, qui avait fait son plan, et manquant de toute énergie, je finis par me laisser faire. Je ne m'attarderai pas sur la jolie conduite que mon père eut encore avec moi dans cette circonstance. Après l'éloge que je lui ai consacré, je ne veux pas l'accabler sous les fleurs. Celles qui garnissent le gracieux jardin sous lequel il repose doivent lui suffire. Quand j'eus donné pour de bon mon acceptation, je fus invité à rentrer chez lui, et je quittai la rue Monsieur-le-Prince. C'était dans la fin de juillet ou les premiers jours d'août. Jeanne venait justement de se louer une chambre à part de sa mère, 7, rue des Feuillantines, tout bonnement pour être plus libre, m'assurait-elle, et elle s'empressa d'y faire transporter mon mobilier. La belle chérie me préparait là une de ces surprises ! dont je n'avais pas la moindre idée, c'est bien le cas de le dire. On ne me roulait d'ailleurs pas moins dans ma banlieue, et j'ai appris plus tard, par ma future belle-mère, combien mon père lui avait recommandé de me soigner, de ne rien me refuser, pour bien refaire de moi un garçon solide, accepté sûrement comme soldat. Le brave homme caressait le projet de se débarrasser de moi, en m'envoyant pivoter dans des provinces, à Montargis, je crois. Il avait déjà si bien tout arrangé pour cela. Mais un soir, comme j'en parlais avec lui, il eut la maladresse de me découvrir la fausseté des promesses qu'il avait faites devant témoins, et il dut rentrer son rêve, comme moi ma villégiature, invité, en effet, à repartir dès le lendemain. Il fallait cependant me trouver un logement. Retourner avec Jeanne ? Je ne me rappelle plus si même seulement l'idée m'en vint. Depuis que j'étais rentré chez mon père, je voyais

Gaillard presque chaque jour. Je le mis au courant. Il connaissait le commandant d'un bataillon de chasseurs à pied en garnison à Courbevoie même. Il lui parla de moi. Il fut convenu que le major ne m'examinerait que pour la forme. Je fis les démarches, et, le 20 octobre 1891, à dix heures du soir, je fis mon entrée à la caserne de Courbevoie, engagé pour trois ans.

Je ne dirai pas grand'chose des sept mois que j'ai passés sous l'habit militaire, pour le quitter ensuite à jamais. Je n'ai jamais trouvé bien drôles les histoires de caserne, même dans les livres de M. Courteline, qui me paraissent plutôt assommants. J'avais là pour capitaine un brave homme d'ivrogne, dont la capacité militaire n'allait pas plus loin que le magasin d'habillement, et qui me sauva un jour d'assez gros ennuis, pour avoir exprimé tout haut mon opinion sur des excès de service. Je ne veux pas oublier non plus M. Walsin-Esterhazy, si célèbre depuis l'affaire Dreyfus, et qui était capitaine adjudant-major à mon bataillon. Je le vois encore, les jours de revue, quand tous les officiers s'assemblaient dans la cour autour du commandant, lui se tenant seul, un peu à l'écart de tous, hautain et dédaigneux. Je passai un jour un examen devant lui, comme suite à une réclamation que j'avais faite sur ma suppression d'élève général pour cause de myopie et manque de santé, et j'ai rarement vu un officier aussi charmant, simple et poli. Avec le major Moty, dont je parlerai plus loin, ce sont là tous mes bons souvenirs de guerrier. Je me moquais bien d'ailleurs d'être général. Ma seule préoccupation était les permissions. J'en avais du reste une régulièrement tous les samedis soir, jusqu'au dimanche minuit. Une seule fois, à la Noël, comme j'avais été puni, je n'obtins pas celle sur laquelle je comptais. Trois jours à passer à Paris avec Jeanne ! Je voulus me tuer. J'avais déjà armé mon fusil, et je me trouvais assis sur mon lit, quand un camarade me surprit, m'ôta l'arme et alla prévenir le capitaine. Quelle belle réunion d'officiers autour de moi, pendant une demi-heure ! On s'empressa de me donner une forte permission pour le jour de l'an. Avais-je vraiment envie de me tuer, aurais-je vraiment fait partir le coup ? Peut-être ! Je ne sais plus. J'étais si romanesque, et cette caserne, avec ses brutes de tous genres, m'amusait si peu ! Pourtant, à me remettre de mon mieux dans mes sentiments d'alors, ce ne devait guère être là que pure comédie.

Pendant tout ce temps, quels embellissements dans mes amours ! Les conseils de Laure et d'Ambert avaient été suivis, en effet, et dès mon départ, et surtout ceux de Laure, qui poussait sa « nièce » à entrer au théâtre, où elle pourrait facilement trouver, lui disait-elle, un entreteneur sérieux, tout en me conservant, si elle y tenait. Ma chère Jeanne était maintenant dans un théâtre d'opérettes à grand spectacle, et chantait là tout comme une autre dans les chœurs, habillée de costumes les moins compliqués possible. Elle s'était peut-être sentie artiste, elle aussi, et j'étais devenu, sans changer, l'amant d'une femme de théâtre, le rêve de tant de jeunes gens. Pourquoi faut-il, quand on aime, que tout change ? J'en eus un aperçu quand j'appris la nouvelle de Mme Ambert, toujours la première aux gaffes, le lendemain même de mon entrée à la caserne. Tout d'abord, le côté agréable m'échappa et je n'éprouvai qu'un sentiment bête de jalousie et de chagrin. Si j'avais su aussi, comme je devais l'apprendre bientôt, que j'étais également promu au rang d'amant de cœur ! Ah ! j'aurais fait de même, certainement, je me serais résigné à mon bonheur. Jeanne restait si charmante avec moi, me « conservait » si bien, en

effet, et j'étais redevenu moi-même si chaud sous la douche. Nous nous retrouvions chaque samedi soir à la sortie de son théâtre, pour rentrer ensemble rue des Feuillantines. Nos bonnes séances d'amour, dans cette chambre, assez remonté que j'étais, ma seule gloire militaire ! Le lendemain, le théâtre l'accaparait, et je m'enfermais là jusqu'au soir, pour retourner ensuite à Courbevoie avec mes sauvages. Je la revois bien cette chambre dont la fenêtre donnait sur les cours du Val-de-Grâce, et Van Bever doit s'en souvenir aussi, pour y être venu bien souvent passer l'après-midi avec moi. Puis, à la caserne, je fus envoyé au Val-de-Grâce. C'était fin février. Il fallut se contenter alors des visites de Jeanne, le jeudi, qu'elle passait à blaguer ma sagesse forcée, me montrant, si nous nous trouvions seuls dans un couloir, un peu de ses seins (. . . . .
. . . .
. . . .) Ses soins ne s'arrêtaient pas là, d'ailleurs. Elle m'écrivait et m'envoyait de l'argent. Ah ! j'étais un peu entretenu, alors, et cet argent était certainement celui de ce cher Clozel, l'amant sérieux, auquel je vais arriver. Une revanche comme une autre, après tout. À part cela, mon existence de malade n'avait rien de bien triste. Le

dimanche, j'avais la visite de Laure et de Mme Ambert, et quelquefois aussi de Van Bever. Mon aimable père vint même une fois, à trois heures moins cinq, ce qui nous évita les effusions, les visites se terminant à trois heures. Le reste du temps, je servais de secrétaire au major de ma salle, le docteur Moty, pour des mémoires professionnels, ou je flânais avec deux ou trois malades de choix, ou j'écoutais toute la salle hurler en chœur les mélodies les plus récentes. N'est-il pas de cette époque, février à mai 1892, cet étonnant morceau ?

Il est en or, il est en or,
On dirait qu'il prend son essor,
C' n'est pas du toc, ni du melchior,
Comm' la cann' du tambour-major,
Il est en or, il est en or.

Quand on l'a entendu pendant trois mois, dans des jours aussi héroïques, on en a l'esprit orné pour le restant de ses jours.

C'est alors qu'à l'exemple d'autres malades comme moi je m'enhardis à demander une permission au major. C'était un jeudi, et l'après-midi, dans le commencement d'avril. J'avais prévenu Jeanne et elle m'attendait. Elle occupe vraiment une place de choix dans ma liaison, cette après-midi. Après quelques plaisirs, et la bonne tenue recouvrée, flânant dans la chambre pendant qu'elle s'habillait pour sortir, je remarquai sur la cheminée une photographie d'homme tête de cabot à l'air épanoui, frisant pas loin de la quarantaine. Un oubli de Jeanne, probablement. C'est si difficile pour les femmes de penser à tout. L'ayant questionnée sur la qualité de ce jeune homme qui trônait ainsi chez elle, je n'en obtins tout d'abord que des renseignements sans importance, donnés d'un ton qui voulait être négligent. C'était un camarade de là-bas, un artiste de son théâtre, rien du tout, en un mot. C'était si adroit que cette fois-ci je me méfiai. C'était donc bien utile, ce mensonge mal fait ? lui demandai-je. Comme on dit toujours dans ce cas-là, ne valait-il mieux que je sache ? Cela valait tellement mieux que Jeanne se décidât à m'ouvrir son cœur. Je sus alors que cette photographie était celle de Paul Clozel, la vedette de son théâtre, pitre assez connu par sa voix d'eunuque et son ventre en tonnelet, et par-dessus le marché son amant sérieux depuis plusieurs mois. Ah ! toutes ces choses, que je résume, et encore pas assez, et qui me sont devenues depuis si parfaitement égales, comme elles me firent souffrir ce jour-là, assis sans rien dire sur une petite chaise, entre la fenêtre et la cheminée. J'avais beau être habillé en militaire, un air martial n'était pas le mien. Jeanne s'était attendue à une scène, probablement, et elle ne revenait pas de mon silence. Tout en continuant à s'habiller, elle me prodiguait les bonnes paroles, les consolations les plus efficaces, et m'expliquait sa nouvelle idylle. Clozel avait été si bon pour elle dès son entrée au théâtre, conseils, attentions, etc. Maintenant encore, c'était un père, et quel père ! lui donnant tout ce dont elle avait besoin, venant de temps en temps coucher avec elle le matin. Il était marié, en effet, et il lui fallait être prudent. Mais sa femme était une grue (naturellement), et il allait divorcer, et alors il l'épouserait. Jusqu'à prétexter qu'il me ressemblait, avec le même prénom ! C'était sa position en jeu, ajoutait-elle, et je devrais comprendre, si je l'aimais. D'ailleurs, parlait-elle de ne plus nous revoir ? Ce serait un peu moins souvent, et en prenant nos précautions, voilà tout. Toujours le grand bonheur qui s'offrait, et malgré cela je n'allais pas mieux. C'était superbe, tout ce qu'elle racontait. Un amour bâti sur la bonté ! Quel luxe auprès de la manière dont on fait ordinairement connaissance dans les coulisses. Un acteur voit une femme, choriste ou figurante, qui lui plaît, avec qui il coucherait bien une ou plusieurs fois selon le déshabillé de son costume. Il lui met la main aux seins ou autre part, en lui disant *tu* tout de suite, et la liaison est commencée. Clozel, lui, avait été régence, une pitrerie ajoutée aux autres. On a aussi une assez belle faculté visuelle, dans ces moments-là. Je voyais Clozel, avec le geste que je viens de dire, et cela s'ajoutant à l'idée qu'il venait coucher là, dans mon propre lit, et comme moi... ah ! même mieux que moi, peut-être... Alors, prête à sortir, Jeanne vint à moi, me prit la tête dans ses mains, m'embrassa, et eut ce mot, suprême consolation, qu'elle avait peut-être lu quelque part, qui sait ? « Bast ! me dit-elle, tous les grands poètes ont eu un amour malheureux. Cela te fera travailler. » Admirable créature, qui entrevoyait ainsi bien avant moi mon grand avenir littéraire ! Tenait-elle absolument aux alexandrins, cependant ? Au grand poète près, j'aurai fait de mon mieux, et elle ne pourra guère m'en vouloir, après ce mot, d'avoir raconté nos amours.

Sorti de là avec Jeanne, qui s'en allait à un rendez-vous avec Clozel, je rentrai au Val-de-Grâce. Je passe sur l'accueil d'ivrogne qui me fut fait, à cause de la bonne mine que je rapportais. Si ces messieurs malades croyaient que j'avais envie de rire, ils se trompaient. Tout de la vie que je menais m'était devenu soudain encore plus insupportable, à commencer par eux, pour finir par l'idée de retourner un jour ou l'autre avec les collègues de Courbevoie. Trois ans de cette vie, et seulement six mois de faits ! Ah ! non, non, ou du moins il fallait essayer, grâce à mes moyens de réforme, que je connaissais maintenant, et j'eus un beau mouvement de décision et d'énergie, le premier, ce qui prouve bien qu'on n'est jamais trompé sans bénéfice. Je demandai un entretien au docteur Moty, qui me l'accorda aussitôt. Je lui expliquai ma situation, la sérieuse, bien entendu, prenant tout du point de vue militaire, inutilité de mon engagement, jamais de grade, trois années de fichues, etc., tout ce qui m'était le plus égal. Je vois encore l'excellent homme m'écouter, avec sa bonne tête barbue, à longs cheveux, l'air encore moins militaire que moi. Je ne devais pas lui déplaire, certainement, ou je devais très bien parler, la voix de l'amour ! car il ne me laissa pas parler longtemps. « Enfin, vous voudriez être réformé ?... » me dit-il. Je ne répondis ni oui ni non, rien que des choses vagues pour ne pas me compromettre, m'en remettant à ma physionomie. « Eh bien ! reprit-il, c'est entendu. Nous nous en occuperons. » On s'en occupa, en effet. J'allai rendre visite au major oculiste, qui m'établit aussitôt le document qu'il fallait. Le docteur Moty m'examina ensuite pour mes palpitations, et j'étais si bien en forme, avec toutes mes peines de cœur, que sa décision ne traîna pas davantage. Il ne me restait plus qu'à attendre le prochain conseil de réforme, ce que je fis, tout doucettement. De quoi aurais-je pu me plaindre ? J'avais vraiment ce qu'on fait de mieux comme chagrin d'amour, et Jeanne me soignait d'autant mieux maintenant que je savais d'où venait l'argent. J'allais la guetter chaque matin à la fenêtre, et quand je ne la voyais pas, et que la fenêtre restait fermée, je savais ce que cela voulait dire. Clozel était là, et ma belle amie, occupée à faire sa position, en se trémoussant pour lui. Jeanne ne s'était pas trompée non plus, en me trompant. Je m'étais déjà remis à travailler, passant mes après-midi à épancher mon malheur dans de petits poèmes, ou dans de petites pages de prose, que j'écrivais comme je pouvais sur ma table de nuit, au milieu des gueuleries de la salle. Que ne me suis-je fait photographier ainsi en poète d'hôpital, avec ma vaste robe de chambre, mon bonnet de coton et mon air malade. Ce serait une belle pièce pour mon iconographie. Enfin, le 14 mai arriva. Je m'installai avec d'autres infirmes dans un camion. Rue Saint-Dominique ! Il était midi. À trois heures, j'étais de retour, sans avoir vu aucun membre du conseil de réforme, et réformé, pourtant. On nous avait mis en tas et tout nus dans une petite salle. À un moment, on avait crié d'une pièce voisine : Léautaud ! J'avais non moins crié : Présent ! On avait alors recrié : Réformé ! Toute la cérémonie avait tenu dans ces trois mots. Encore deux ou trois jours pour les formalités, et je rentrerais dans le civil. Je prévins Jeanne, qui me répondit qu'elle m'attendrait, et aussitôt dehors, je courus chez elle. Ah ! une meilleure après-midi, celle-là, avec son programme d'ardeur, de caresses et de mélancolie. Je n'étais pas consolé, en effet. Un désespoir de cette mesure, en un seul mois ! Mais redevenu libre, j'étais d'abord à ce bonheur, l'histoire de Clozel ne venait plus qu'ensuite, pas si regrettable pour son résultat, du reste, et de plus Jeanne montrait un tel entrain à nous rattraper !

Dommage que Clozel n'ait pas été là, dans l'intérêt même de son art. Il y aurait certainement trouvé l'occasion d'une grimace inédite.

Je rentrai le même jour sous le toit paternel, et si quelqu'un en fut heureux à l'excès, ce ne fut pas mon père, grand patriote de coin de feu, que je trouvai suffoqué de ma réforme : « Avoir un fils qui n'est pas capable d'être soldat ! » me dit-il avec abattement. Cependant, comme je n'étais pas majeur, il dut se faire à la situation et m'accorder une chambre, et je me remis à vivre. Trois jours après, de nouveau tout rasé et la tête un peu moins pelée, rien ne paraissait plus en moi de mon passage aux armées. Je n'eus là tout d'abord d'autre occupation que Jeanne, et de la voir, et de me casser la tête à penser à toutes nos histoires. Ce pauvre Clozel était bien à plaindre aussi, d'ailleurs. Aussitôt que Jeanne était débarrassée de lui une journée elle m'écrivait, et j'allais la passer avec elle. Nous avions aussi rendez-vous souvent le soir, vers minuit et demi, à l'arrêt du tramway qui la ramenait du théâtre, au coin de la rue de l'Abbé-de-l'Épée et du boulevard Saint-Michel, pour être l'un à l'autre jusqu'au lendemain matin. J'allai même deux ou trois fois à ce fameux théâtre, avec des billets de Clozel, et je la vois encore, si jolie créature dans ses costumes à effet, dans des décors de féeries, sous l'éblouissement des lumières, et j'entends encore les airs des chœurs étonnants où elle avait sa part, et je revois aussi Clozel lui-même, suant et se démenant dans ses contorsions. À peine si j'eus quatre ou cinq jours sans rendez-vous, et où ce fut à moi de faire l'aimable, en venant surprendre Jeanne à la descente de son tramway, dissimulé dans l'ombre de la rue de l'Abbé-de-l'Épée. Jeanne était souvent accompagnée par Clozel, qui s'en retournait ensuite, toujours tenu à certaines précautions à cause de sa femme. Je les voyais se dire au revoir, s'embrasser, puis Clozel repartir, et Jeanne venir vers moi. « Comment ! c'est toi... » me disait-elle en me trouvant là. « Mon Dieu ! oui... » lui répondais-je, et nous allions une fois de plus coucher ensemble. Je me rappelle qu'un matin Clozel arriva comme j'étais encore là. Il frappa plusieurs fois, et nous nous tînmes tous les deux sans bouger, jusqu'à ce qu'il fût reparti, se figurant qu'il n'y avait personne. J'allais aussi les espionner tous les deux à la sortie du théâtre. Ils allaient passer un moment dans un café du boulevard Sébastopol dont l'arrière donne rue Palestro, se mettant toujours de ce côté pour être moins vus, et je les regardais là du dehors, à travers les vitres, caché par les rideaux de l'intérieur. Ah ! l'Othello d'occasion que je faisais ! Tout ce manège dura un peu moins d'un mois, puis sa grossesse avançant, et la clôture d'été étant venue, Jeanne quitta la rue des Feuillantines pour aller vivre quelque temps à la campagne, dans les environs de Paris, avec Clozel. Nos amours étaient finies, ces chères amours que j'ai racontées avec quels soins, si je ne me trompe ? Elles devaient recommencer pour quelques mois l'année suivante, et auraient pu recommencer encore, si j'avais su m'y prendre. J'ai conservé de Jeanne et de toute cette époque bien des petits souvenirs. C'est d'abord la photographie dédicacée dont j'ai parlé, et une autre, toute petite, que je portais toujours sur moi aux premiers temps de nos amours, puis une autre, faite chez son père, à Levallois, où elle est habillée en homme, avec mon habit, et coiffée du béret d'Ambert, puis quelques autres du temps de notre ménage faubourg Saint-Jacques, et une autre encore, dans les débuts de sa liaison avec Clozel. J'ai aussi quelques nœuds de ruban dont elle attachait ses nattes, et même une petite mèche de cheveux intimes qu'elle me donna un jour en riant, pour me consoler, à l'époque de nos derniers rendez-vous, le tout enfermé dans un petit porte-cartes qui vient aussi d'elle. Il ne faut rien exagérer. J'ai gardé tout cela un peu sans le vouloir. Tout le monde a de ces trésors, d'ailleurs. On les met dans un placard et l'on n'y pense plus. Quand on déménage on les retrouve, en faisant ses paquets. « Il faudra que je fiche cela au feu ! » se dit-on en pensant à sa nouvelle installation. Mais alors on est pressé, éreinté, et tout reprend sa place dans un nouveau placard. Cela dure souvent toute la vie. Heureux encore si l'on ne se mêle pas comme moi de raconter ses amours, car, alors, plus moyen de se débarrasser de ces reliques : elles font partie du manuscrit original. J'ai aussi quelques lettres d'elle, celles qu'elle m'écrivit au Val-de-Grâce, au sujet de ses visites, ou pour m'envoyer de l'argent, puis à Courbevoie, quand je fus rentré chez mon père, pour me dire qu'elle était libre et que j'accoure vite ! puis l'avant-dernière, quand vint son départ avec Clozel et l'impossibilité de continuer à nous voir, et qu'elle m'écrivit pour m'en informer, et me dire adieu, et d'être heureux, et de tâcher d'oublier. Je viens de la relire, cette lettre. Une note au crayon, écrite de ma main, indique que je la reçus le sept juin 1892, à neuf heures du soir, et je me revois, en effet, venant au-devant du facteur, dans la grande allée de notre jardin, et ouvrant tout de suite la lettre. Comme je dus souffrir, en la lisant, et rentrer vite dans ma chambre, pour pleurer tout à mon aise. Il me semble même que j'en souffre encore, rien qu'à me souvenir, et si je ne me cramponnais... Ah ! ce n'est donc pas une blague, qu'on reste toujours sensible à ces choses, et que notre vieux cœur leur garde toujours un coin, et le bon ? Je me moque pourtant pas mal de toute cette histoire, et même de la part de ma jeunesse qu'elle représente. J'ai toujours vécu en avant, et malgré ma manie d'écrire des souvenirs, je suis de même encore aujourd'hui. Peut-être est-ce seulement l'idée des jours déjà amassés derrière moi, ou ce goût secret pour la tristesse que je n'ai jamais pu perdre ? Une dernière lettre de Jeanne, datée du 12 juin, même mois, me donnant rendez-vous chez sa mère pour le lendemain soir, mais je n'en ai aucun souvenir. Un de plus ou de moins, il est vrai !

1906.

DU MÊME AUTEUR

Aux Éditions Gallimard

LE THÉÂTRE DE MAURICE BOISSARD (2 volumes)
ENTRETIENS AVEC ROBERT MALLET

Aux Éditions du Mercure de France

POÈTES D'AUJOURD'HUI, *morceaux choisis* (en collaboration avec A. van Bever) (3 volumes)
LE PETIT AMI, *roman*
PASSE-TEMPS
PASSE-TEMPS II
PROPOS D'UN JOUR
AMOURS
IN MEMORIAM
LETTRES À MA MÈRE
ENTRETIENS AVEC ROBERT MALLET
JOURNAL LITTÉRAIRE (novembre 1893-février 1956) (4 volumes)
JOURNAL PARTICULIER
ŒUVRES
LE FLÉAU

Préfaces

PICASSO ET SES AMIS, par Fernande Olivier (Stock)
CHATS, par Ylla (O.E.T.)
LE CHAT (Éd. Bontoux)
CATALOGUE DE L'EXPOSITION PAUL VERLAINE (Bibliothèque littéraire Jacques Doucet)
IL Y A, par Guillaume Apollinaire (Éd. du Salon carré)
LE CHAT MITON, par Marie Dormoy (O.C.O.)

Cet ouvrage a été composé
par Euronumérique.
Reproduit et achevé d'imprimer
par l'Imprimerie Floch à Mayenne
le 28 mars 1996.
Dépôt légal : mars 1996.
Numéro d'imprimeur : 39314.

ISBN 2-07-074451-5 / Imprimé en France.

75326